Pascale Dietrich

L'agent

Liana Levi

ISBN : 979-10-349-0973-5

www.lianalevi.fr

« Le tueur à gages peut être engagé directement par le commanditaire du crime, ou par le biais d'un tertius. Actuellement, l'embauche pour un "service" se fait généralement par un intermédiaire, "agent de mort". »

César Barreira[1]

« Là où la vie n'avait pas de valeur, la mort, parfois, avait un prix. C'est ainsi que les chasseurs de prime firent leur apparition. »

Sergio Leone[2]

---

1. César Barreira, « Recherche à risques : les pièges symboliques avec des tueurs à gages », *L'Homme & la Société*, vol. 139, n° 1, 2001, pp. 104-105.
2. Sergio Leone, *Et pour quelques dollars de plus*, 1965.

Prologue

Paris, XVe arrondissement

Casque sur les oreilles, Anthony visait la cible avec son Magnum. Tirer l'apaisait, il avait toujours aimé ça. Il venait souvent à la Société des tireurs parisiens pour s'entraîner et faire des repérages. C'est ici qu'il avait trouvé Ghost Dog : il avait tout de suite capté son potentiel et, à présent, c'était l'un de ses meilleurs éléments. Avoir du flair est un métier et Anthony sentait tout de suite les types doués et le genre de missions dans lesquelles ils excelleraient. Une fois déniché un talent prometteur, il le formait, puis faisait office d'intermédiaire avec les commanditaires. Il négociait le contrat, transmettait les informations pour la mise en œuvre du service, et ce pour la modique commission de dix pour cent, comme tout agent qui se respecte. Au fond, son boulot consistait à mettre en relation des cerveaux planifiant des crimes et des doigts appuyant sur des gâchettes. Toute l'intelligence du système résidait dans ce montage, dont il était un rouage indispensable.

Il s'installa au bar face à une pression bien fraîche. Tout en trempant les lèvres dans la mousse, il se mit à observer les tireurs, essentiellement des flics, des chasseurs et des fanas d'armes à feu. Il les avait presque tous déjà vus, à l'exception d'un brun aux cheveux en brosse, le genre d'amateur qui avait appris à tirer dans les jeux vidéo. Puis son attention fut captée par une fille tout au bout de la salle, la vingtaine. Dès qu'il la vit lever un bras ferme et assuré, il sut qu'il avait affaire à une experte. Le geste pur, parfait, fruit d'une inlassable répétition. La balle se logea en plein dans le mille, avec grâce et élégance. Il n'avait jamais vu une telle précision. Il ne la lâcha plus des yeux, en oubliant sa bière qui tiédissait. Elle enchaînait les cartons avec une régularité irréprochable. Une pépite.

– Vous l'avez déjà vue ? demanda-t-il au barman en la désignant du doigt.

– C'est une nouvelle. Mignonne, hein ?

Anthony hocha la tête. Avec un élément comme ça dans son portefeuille, il pourrait rivaliser avec les agents les plus renommés. Même cet enfoiré de Titov ferait pâle figure avec ses tueurs des pays de l'Est. Il continua d'observer la tireuse à la dérobée. Elle plaçait toutes ses balles avec une facilité déconcertante. Où avait-elle appris à tirer comme ça ?

À la fin de la séance, la jeune femme s'orienta vers le bar, boitant légèrement. Elle portait les cheveux courts et ses yeux vert bouteille irradiaient. Il attendit quelques secondes, puis s'approcha d'elle.

– Je peux vous offrir quelque chose à boire ?

Elle lui lança un regard méfiant.

– En quel honneur ?

– Je n'ai jamais vu quelqu'un d'aussi précis. Faites-moi le plaisir de partager un verre.

– Un whisky, alors.

Le barman s'exécuta et fit glisser sa boisson sur le comptoir. Anthony s'assit sur le tabouret voisin en conservant une distance raisonnable pour ne pas laisser imaginer qu'il la draguait.

– Professionnelle ? demanda-t-il.

– Plus maintenant.

Elle fixait tristement la glace qui flottait dans son whisky.

– Ancienne tireuse d'élite ?

Elle pouffa et avala une lampée d'alcool.

– Championne d'Europe de biathlon, lâcha-t-elle en faisant claquer son verre sur le zinc. Mais c'est du passé.

Il en resta sans voix. Une championne de biathlon ! Elle grimaça en pointant sa cheville de l'index.

– Accident. Terminé du jour au lendemain. La dure loi du sport.

Elle eut un rire amer et but à nouveau, puis s'essuya la bouche comme un cow-boy. Cette fille dégageait une fureur volcanique.

– Et vous, vous faites quoi dans la vie ? demanda-t-elle, les yeux braqués sur Anthony.

– Moi, je suis dénicheur de talents.

Au même moment. Paris, XIIe arrondissement

Le calme plat. Depuis quarante ans qu'elle tenait cette agence matrimoniale, Thérèse n'avait jamais été aussi désœuvrée. De nos jours, les gens espèrent rencontrer l'âme sœur en un clic, puis s'étonnent d'enchaîner les rancards foireux. Sentir les profils susceptibles de *matcher* est pourtant un métier. Au cours de sa carrière, elle avait formé des centaines de couples et brisé un paquet de solitudes. Écœurée, elle passa en revue le courrier posé sur son bureau. Des relances de factures impayées, une mise en demeure… Les comptes de la boîte étaient dans le rouge. Heureusement, il y avait aussi une carte postale de ce cher monsieur Jouant, un vieux garçon qui recherchait obstinément une femme ressemblant à sa mère, le genre incasable. Et pourtant, elle avait trouvé la perle rare, une petite boulotte stérile qui avait vu en lui l'enfant qu'elle ne pourrait jamais avoir. Ils étaient faits pour s'entendre, ça sautait aux yeux. Maintenant, tous deux lui écrivaient depuis leur voyage de noces en Indonésie. Un succès de l'agence.

Le téléphone interrompit ses pensées. Espérant un nouveau client, Thérèse décrocha, mais c'est la voix acide de Larquet qui résonna dans le combiné. Appâtée par une annonce sur Internet, elle avait fait l'erreur d'emprunter de l'argent à cet escroc qui démarchait des particuliers à qui les banques refusaient le moindre centime. À présent, il la harcelait pour qu'elle rembourse avec des intérêts mirobolants ou accepte un nouveau crédit aux conditions encore plus malhonnêtes.

– Je n'ai toujours pas reçu votre virement, croassa-t-il.

– Je vous ai dit que ça allait venir. J'ai besoin d'un peu de temps.

– Tâchez de trouver une solution d'ici une semaine ou signez le contrat que je vous ai envoyé. Je passerai à vos bureaux.

– Je suis en réunion, mentit Thérèse. Je dois vous laisser.

Elle lui raccrocha au nez, faisant le vœu qu'un camion l'écrase dans les plus courts délais.

Nerveuse, elle alluma un cigarillo. Comment avait-elle pu se mettre dans une telle panade ? Après tout, son neveu avait peut-être raison : à soixante-quinze ans, il serait temps de passer la main. Mais elle était attachée à l'agence héritée de ses parents, elle y avait consacré sa vie et considérait les salariés comme sa famille. Aujourd'hui, seule Lucienne, la secrétaire, travaillait encore là. Plus de trente ans de bons et loyaux services. Ça l'embêterait de la mettre à la porte à quelques mois de la retraite. Mais en dehors de spéculateurs qui voulaient transformer son local en banque ou en laboratoire d'analyses médicales, elle ne trouvait pas de repreneur. Si elle avait eu des enfants, l'un d'eux aurait peut-être repris l'affaire, mais elle ne s'était jamais mariée et avait préféré vivre l'amour par l'entremise de ses clients. Moins d'emmerdements.

Elle balaya du regard les bureaux défraîchis, leur décrépitude lui sauta subitement aux yeux. Ça lui faisait le même effet que son reflet devant la glace. Elle écrasa son cigarillo dans la coquille Saint-Jacques qui faisait office de cendrier. Fatiguée. Très fatiguée. Et ce soudain mal de crâne… La faute à cette clim que son neveu avait fait installer. Elle saisit la carafe et se servit un verre d'eau. Quand elle le porta à ses lèvres, elle ressentit un engourdissement au niveau du visage, comme si ses joues étaient en glaise. Elle voulut se lever mais elle avait perdu toute force. Une angoisse diffuse s'empara d'elle. Quand elle tenta à nouveau de se mettre debout, ses jambes se dérobèrent. Paniquée, elle souleva le combiné du téléphone. L'objet lui paraissait peser aussi lourd que du plomb, les chiffres dansaient sur le clavier. Elle parvint finalement à composer le numéro préenregistré de son neveu mais, quand il décrocha, les mots sortirent de sa bouche dans la plus grande confusion, sans enchaînement logique. Alors, le combiné lui échappa de la main et un rideau noir s'abaissa sur ses yeux.

Homme, à la retraite, carrure rassurante (1m91), cheveux poivre et sel et magnifiques yeux bleus. Recherche femme douce et généreuse aimant les voyages. Âge indifférent.

Femme, 51 ans, sincère, fidèle, respectueuse, non-fumeuse, non-buveuse, blanche, simple. Recherche un homme non-fumeur, non-buveur, 50/55 ans, sincère, respectueux, fidèle, simple, qui souhaite construire une relation solide et durable. Île-de-France.

Homme, 42 ans. Recherche femme ou jf âge indifférent pour amitié et plus si affinités, jf ou femme avec des rondeurs bienvenue. Paris.

Dame, 78 ans, coquette, aimant sortir, cherche homme sérieux, 74/80 ans, non-fumeur, pour rompre solitude et vie à deux si affinités.

PREMIÈRE PARTIE

DIX POUR CENT

« Toutes les vies n'ont pas le même prix. »
Didier Fassin[1]

1. Didier Fassin, *De l'inégalité des vies*, Paris, Fayard, Collège de France, coll. « Leçons inaugurales », 2020.

1

Calée dans le canapé, Alba feuilletait son album de coupures de presse. C'était devenu une sorte de rituel. Les articles témoignaient d'une période heureuse de sa vie. Championnats de France, 2018 : première médaille d'or. Juchée sur la marche la plus élevée du podium, elle serrait un bouquet de fleurs contre son anorak, la mine rayonnante. À l'époque, elle faisait de l'exercice, mangeait de la viande blanche et des légumes verts et ne buvait que de l'eau plate. Venait ensuite le championnat du monde à Anterselva où elle avait fini deuxième, juste derrière Katia Müller. Elle avait devancé l'Autrichienne la saison suivante au ski de fond à Oberstdorf. Nostalgique, elle continua de passer en revue les articles. À la fin de l'album, plusieurs entrefilets tiraient le rideau sur sa carrière sportive. « La reine du biathlon terrassée par un horrible accident », « La carrière d'Alba Ferrari compromise avant les JO de Stockholm »...

Amère, elle avala un trait de cognac. Elle s'était mise à boire après l'arrêt de la compétition. Le biathlon, c'était toute sa vie. Elle avait chaussé des skis avant même de savoir marcher et grandi entourée de la belle famille du sport. Son entraîneur, son agent, les athlètes... À l'époque, elle se sentait encouragée, acclamée, admirée ; des journalistes du monde entier venaient l'interviewer. Jusqu'à cet après-midi de décembre où un abruti en motoneige l'avait percutée lors d'une randonnée à ski. Une cheville transpercée par un bâton, et ça en avait été fini de sa carrière. Du jour au lendemain, plus aucun but dans l'existence. Son entraîneur et son agent sportif l'avaient lâchée dans la foulée. Elle était devenue transparente aux yeux de tous. La rupture avec le sport de haut niveau l'avait plongée dans un vide abyssal.

Si elle n'avait pas rencontré Anthony, elle aurait fini par plonger les doigts dans une prise électrique. Mais tel un ange tombé du ciel, il lui avait proposé un travail mobilisant sa seule et unique compétence : le tir. Une aubaine incroyable. Elle avait tellement besoin de se relancer dans la vie.

Son portable se mit à vibrer sur la table basse. C'était lui, justement.

– Salut. Comment ça va ?

– Bah. Je commence à trouver le temps long.

Elle alluma machinalement une cigarette.

– Où en es-tu de ton sevrage ?

Il voulait qu'elle arrête de boire avant de lui confier un contrat. Elle n'aurait pas cru qu'il soit possible d'être encore plus tatillon que son agent sportif, mais si ! Il ne manquerait plus qu'il lui impose un contrôle antidopage.

– J'ai bien diminué.

– Diminué comment ?

– Quasiment arrêté. Quand est-ce que tu me files du boulot ?

– On en a déjà parlé. T'es pas encore prête.

– Tu m'as vue au centre de tir…

– Il ne suffit pas de savoir tirer. Ce métier ne s'improvise pas. Ce n'est plus un jeu. Tu vois toujours la psy du sport ?

Alba soupira. Oui, elle voyait toujours la psy que la fédération française de ski avait missionnée pour l'accompagner dans sa transition vers la vie normale. C'est dur à imaginer, mais il est tout aussi difficile de sortir du sport de haut niveau que d'y entrer.

– Je lui ai dit que j'avais trouvé une formation, dit-elle. Elle m'a félicitée. Elle pense que ça me fera du bien d'avoir des horaires et que j'ai besoin de nouveaux défis pour donner du sens à ma vie.

– Je vais t'en donner bientôt, des défis, promit l'agent.

– Dis, ça te plairait une balade en bateau-mouche ?

Un blanc de quelques secondes s'installa entre eux. Elle savait qu'il allait refuser, comme à chacune de ses tentatives de le faire sortir du cadre professionnel, mais c'était plus fort qu'elle. Dès le départ, elle avait été fascinée par ce type, jeune, beau gosse, qui évoluait dans un monde obscur et mystérieux. Elle avait envie de comprendre qui il était. Et puis, elle avait vu en lui un substitut à son agent sportif. Malheureusement, il s'obstinait à ne parler que boulot : ses tueurs par-ci, ses tueurs par-là, les règles pour effacer ses traces, la discrétion, la loi du silence et *blablabla*. Il refusait de prendre ne serait-ce qu'un verre avec elle. Cet entêtement redoublait sa détermination. Il ne savait pas qu'Alba Ferrari arrivait toujours à obtenir ce qu'elle voulait.

– La psy dit que j'ai besoin de me changer les idées, argumenta-t-elle.

– Tu sais bien qu'il faut éviter qu'on nous voie ensemble.

Toujours le même argument fallacieux…

– Les touristes se fichent de ce qu'on fait tous les deux.

– Écoute, arrête de boire et je te filerai du boulot. D'ici là, va t'entraîner au club et pas une goutte d'alcool, OK ? Je dois te laisser.

Dépitée, Alba jeta son téléphone sur le coussin du canapé.

Au club de tir, elle enchaîna les cartons pour se vider la tête. Quand son attention se focalisait sur une cible, un calme rassérénant l'envahissait, comme si le monde s'arrêtait de tourner. C'est en partie pour retrouver cette sensation qu'elle avait accepté la proposition d'Anthony. Ressentir cette plénitude, le doigt sur la détente. La paix, enfin.

Elle fila ensuite au bar, tentant de dissimuler son boitillement. Elle ne s'était jamais sentie à l'aise dans ce repaire de gendarmes, de policiers et de paramilitaires. Même les soi-disant tireurs sportifs ne cachaient pas leur penchant politique d'extrême droite et certains voyaient d'un mauvais œil la présence d'une femme parmi eux. Il régnait sur les stands une atmosphère de petit Texas machiste et xénophobe. Heureusement, elle échangeait toujours quelques mots avec le barman, Franck, un cinquantenaire affable avec des bajoues.

– Comme d'habitude ? demanda-t-il.

– Non, un jus de pêche, grimaça-t-elle.

Anthony était capable d'avoir placé des indics dans le club.

À la table la plus proche, deux hommes au regard torve discutaient sous cape. L'un avait un crâne bosselé et des yeux de serpent et l'autre des allures de crétin congénital. Le serpent toisait Alba en faisant des mimiques obscènes, suscitant l'hilarité de son acolyte qui reniflait toutes les deux secondes comme un cocaïnomane.

Elle tenta de se concentrer sur le jus de pêche qui avait atterri devant elle. C'était déprimant, ce jus.

– Eh, la boiteuse, je te paye un verre ? proposa le serpent dans son dos.

Les joues d'Alba s'empourprèrent. Son handicap avait le don d'exciter les pires connards, ils se mettaient à tourner autour d'elle telles des bêtes attirées par la faiblesse d'une proie. Elle se mordit les lèvres, feignant de ne pas avoir entendu.

– Tu sais que les boiteuses sont les meilleures suceuses ? dit l'homme à son pote en décuplant le son de sa voix.

Alba cherchait à contenir sa colère mais les deux types continuaient à la provoquer avec des remarques humiliantes.

– Aucune boiteuse ne voudrait sucer la queue d'un porc, répliqua-t-elle soudain.

C'était sorti tout seul, sans préméditation. Aussitôt, le visage du serpent se ferma et un silence glaçant s'abattit sur le bar. Franck avait cessé d'essuyer son verre et le crétin congénital s'était mis à cligner des yeux nerveusement.

– Répète un peu.

Alba serrait les mâchoires, toujours dos à la salle, mais elle voyait le colosse dans le miroir accroché derrière le comptoir. Cramoisi, il s'était redressé et avait posé la main sur une poche de son pantalon. Il dégageait une violence brute dont les ondes, palpables, se propageaient.

Lentement, le serveur se pencha vers elle.

– File, dit-il à voix basse. Ce gars est dangereux. C'est cadeau pour le jus. Allez !

Il avait parlé sur un ton grave, presque solennel, qu'elle ne lui connaissait pas. Alba repensa à ce qu'Anthony lui avait dit : se faire remarquer le moins possible, éviter les ennuis. Pourtant, elle ne bougeait pas. Elle haïssait ce genre de type vulgaire et violent. Nerveux, Franck ajouta entre ses dents :

– Écoute-moi. On raconte que lui et ses copains ont fait miroiter une *soirée sympa* à une des petites jeunes qui fait le ménage ici. Eh bien, trente jours d'ITT et elle ne répond plus au téléphone. File, je te dis.

Un frisson parcourut l'échine d'Alba. Une petite voix lui disait qu'elle ferait mieux d'écouter Franck, qu'elle n'avait pas besoin de problèmes supplémentaires. Elle se leva en faisant chouiner son tabouret sur le sol, puis passa devant le serpent sans lui accorder un regard.

– Salope, vaudrait mieux pas que je te revoie, lui lança-t-il.

Bouillonnante, elle déboula dans la rue et entra dans le premier bar venu. Face à un verre de muscadet, elle se figura cette femme de ménage tellement amochée qu'elle restait cloîtrée chez elle, traumatisée. Elle devait se sentir salie, dégradée, impuissante. Elle aurait dû régler son compte à ce salopard.

2

Les matinées d'Anthony suivaient toujours la même routine. Quelques étirements, un verre de multifruit, une douche tiède, puis il mettait sur la platine son morceau favori, *Let Me Introduce You to the Family* des Stranglers. Il ne s'en lassait jamais, lui qui n'avait plus de famille. «*I love the family.*» Au rythme du refrain que répétait JJ Burnel, il brossait joyeusement ses chiens, remplissait leurs gamelles, puis sortait les promener aux jardins de l'avenue Foch. Quand il faisait beau, c'est là qu'il donnait rendez-vous aux clients.

Pour le jeune agent, habiter un quartier chic du XVIe arrondissement était un gage de tranquillité et de sécurité. Les rares contrôles policiers étaient toujours courtois et il ne risquait pas de croiser ses tueurs dans la queue de la boulangerie. Et puis, il aimait ces rues d'une propreté impeccable, sans histoires, fréquentées par des gens respectables, comme lui. Les voisins le prenaient pour le directeur d'une start-up et la concierge lui servait du «monsieur Barreau» avec déférence quand elle le croisait dans la cage d'escalier. D'une façon générale, il trouvait les riches admirables : ils n'ont pas besoin d'armes à feu pour tenir à distance les indésirables et défendent leur entre-soi avec tact et diplomatie. L'année passée par exemple, le projet de construction d'un immeuble de logements sociaux avait suscité une telle levée de boucliers que constructeurs et élus avaient fait marche arrière. Tout ça sans un seul coup de feu, pas même une phalange sectionnée.

Après avoir franchi le portillon des jardins, il lâcha ses chiens pour qu'ils s'ébrouent sur les pelouses. Ce matin-là, il devait retrouver Théodore Petzoldt près de l'entrée nord. Avec son frère, ce type était l'un des trafiquants de drogue les plus sanguinaires du pays. Lorsque quelqu'un se mettait sur son chemin ou s'il avait un simple doute sur sa loyauté, il le faisait éliminer. On racontait qu'il avait mis un contrat sur la tête de sa propre sœur. Anthony avait organisé pour son compte la liquidation d'une vingtaine de personnes : des dealers, des avocats, des putes, des policiers et même un pâtissier qui avait critiqué le saint-honoré de sa mère. Le clan Petzoldt se disputait depuis quelque temps des parts de marché avec un concurrent, Sadi Naciri, ce qui donnait lieu à de multiples règlements de compte.

Aujourd'hui, le caïd voulait lui confier un assassinat d'une autre envergure : celui d'un secrétaire d'État. Un gros contrat. Et ça tombait bien car les réseaux sociaux commençaient sérieusement à lui faire de l'ombre. Avec TikTok, Snapchat ou Telegram, les commanditaires pouvaient se passer des services d'un agent en recrutant directement des tueurs dans toute la France aussi facilement que s'il s'agissait de commander une pizza. Les sicaires du net, « charcleurs » dans le jargon, inexpérimentés et payés une misère, étaient utilisés comme de la chair à canon. À la faveur de récentes tueries dans les quartiers nord de Marseille, les médias avaient beaucoup parlé de ces mineurs qui exécutaient des contrats comme ils auraient accepté une course. Contrairement aux tueurs-uber, les professionnels d'Anthony prenaient soin de ne sacrifier aucune vie innocente. Il proposait un crime de qualité.

Par ce temps estival, une foule de promeneurs profitait de la fraîcheur matinale. Il aurait pu nommer chaque clébard qu'il croisait. Il y avait Ricky, le chien-loup de l'agent de sécurité, Loukoum, le yorkshire, Gamelle, le fox-terrier et Nelson, un boxer lubrique. Il repéra bientôt son homme sur un banc. En chemisette, les cheveux filandreux, il faisait mine de lire un journal.

– Salut, dit Anthony en s'asseyant à côté de lui.

– Salut, répondit le caïd. Tu m'as trouvé un bon photographe ?

Photographe était le nom de code pour tueur à gages.

– Évidemment.

Un service à deux cent mille euros, ça ne se refusait pas. Pour gagner autant, il aurait fallu liquider au moins vingt ouvriers et encore plus de chômeurs. Contrairement à ce que les naïfs veulent bien croire, toutes les vies n'ont pas le même prix. La logique reste la même qu'il s'agisse de tuer ou de sauver les gens : à la radio, Anthony avait entendu un militant de l'action humanitaire déplorer que les secours soient distribués de façon inégale aux réfugiés. Les Blancs bénéficiaient d'une hospitalité généreuse alors que les Noirs pouvaient crever sur leurs bateaux pneumatiques dans la plus complète indifférence... À l'autre bout de la chaîne, sur le marché de la mort, il faisait un constat similaire. Quant aux femmes, leur vie valait systématiquement moitié moins que celle des hommes.

– C'est pour après-demain, reprit Petzoldt. Treize heures. Mon frère déjeunera avec la cible sur la terrasse d'un restaurant thaï place Dauphine. Un exercice de débutant, *finger in the nose.* Je veux un boulot nickel, pas de flou sur la photo.

– On soignera le travail, assura l'agent. Mes talents sont aussi minutieux que des chirurgiens de la cornée.

– Je sais que je peux compter sur toi pour engager un véritable artiste. J'ai entendu dire que tu as même déniché une médaillée de niveau international.

Anthony se mordait les doigts de s'en être vanté lors d'une soirée organisée par des dealers marseillais. Il avait voulu rabattre son caquet à une pourriture de community manager qui fanfaronnait en montrant les vidéos de ses charcleurs. Les nouvelles allaient vite…

– Voici sa photo, dit Petzoldt en lui remettant une enveloppe.

Sans attendre, l'agent se leva et siffla ses chiens. Dans le métier, les échanges se réduisaient toujours au strict minimum. Cela faisait partie du b.a.-ba qu'il enseignait à ses talents.

De retour chez lui, Anthony se fit couler un expresso en récapitulant les prochaines étapes. La perspective de ce contrat le mettait de bonne humeur. Il avait déjà organisé la suppression d'un maire et d'un assistant parlementaire, mais jamais celle d'un secrétaire d'État. Les assassinats de personnalités publiques font l'objet d'une enquête policière approfondie, sans parler du battage médiatique. Il avait besoin de quelqu'un de qualifié, qui ferait un travail propre, sans bavure. Un tireur précis et maître de ses nerfs. Il aurait pu confier le service à Alba, techniquement elle était désormais la meilleure parmi ses talents, mais elle n'avait pas d'expérience et devait terminer son sevrage. Il ne pouvait pas prendre de risques. Vladimir Petrovsky aurait été parfait mais Titov venait de le débaucher et il avait menacé Anthony de décapiter ses chiens s'il le lui piquait. Un jour, il réglerait son compte à ce fichu Biélorusse qui embauchait des mercenaires équipés d'armes de guerre dignes du front ukrainien. Pourquoi pas Ghost Dog? Un vieux loup de mer avec à son actif une trentaine de contrats. Pour le dernier en date, il avait éliminé très proprement un homme d'affaires véreux malgré les quatre gardes du corps. Une valeur sûre. Il composa son numéro.

– Allô, c'est moi.

– Ah! J'attendais de tes nouvelles. Je commençais à me dire que tu m'avais oublié.

Une musique de bar était perceptible en arrière-fond et Anthony devina une présence féminine aux côtés du tueur.

– Un mariage, après-demain à Paris, ça te dirait? proposa-t-il. Cent mille.

Pour ce contrat, il avait décidé de monter sa commission et de s'octroyer un pourcentage proportionnel au risque encouru.

– Pfiou!! C'est quel genre de mariage?

– Le genre qu'on mentionne dans les journaux.

– Dans ce cas, je veux plus, lâcha Ghost Dog. Cent mille, c'est le tarif d'un fonctionnaire de catégorie A.

Il n'était pas né de la dernière pluie et connaissait la grille des rémunérations. Si ça continuait, Anthony finirait lui aussi par recourir à l'immigration. Il avait entendu dire que les recrues de Titov faisaient le boulot sans jamais rien négocier et étaient prêts à travailler à mains nues.

– Cent cinquante mille, lança Ghost Dog.

– T'emballe pas. Cent vingt mille.

– Si je voulais être payé au lance-pierre, je bosserais chez Deliveroo.

Décidément, il était devenu aussi difficile de recruter du personnel dans le crime que dans la restauration. Dire que ce type avait démarré en jouant au paintball dans le sous-sol de sa cité. Mais la main-d'œuvre qualifiée avait un coût...

– OK, céda Anthony. Retrouve-moi à deux heures aux jardins habituels. Je te donnerai les détails.

Satisfait, il lança une balle à ses chiens qui accoururent aussitôt. Ces deux saint-hubert, c'était la famille qu'il s'était choisie. Il avait appelé le mâle Papa et la femelle Maman. Ils avaient travaillé des années pour la police – Papa dénichait les explosifs tandis que Maman était spécialisée dans l'héroïne et la cocaïne – puis avaient été mis à la retraite, abandonnés comme de vieilles chaussettes sous prétexte qu'ils étaient trop vieux. Exactement comme Anthony par l'aide sociale à l'enfance quand il avait eu dix-huit ans. *Maintenant, t'es majeur, tu dégages et tu te démerdes*, lui avaient dit les éducateurs. Après quelques mois à vivoter entre la rue, les centres d'hébergement et les squats, il avait accepté le travail qu'un rabatteur lui avait proposé en guettant la sortie du foyer et poussé la porte d'un armurier pour mettre ses maigres économies dans une carabine 300 Winchester Magnum. Cinq ans et quelques cadavres plus tard, il avait remisé les armes au placard et était devenu agent. Une belle ascension sociale. Sa référente de l'ASE pouvait être fière de lui : à un âge où tous les autres gosses vivaient encore chez papa et maman, il avait assuré son indépendance financière et n'était pas allé grossir les rangs des assistés.

Nom : Ghost Dog
État civil : né le 12 juin 1972 à Bondy.
Situation familiale : divorcé.
Talent : précis, méthodique. Grande expérience.
Nombre de contrats : 35.

Nom : Alba F.
État civil : née le 1er avril 2002, Les Rousses (Jura).
Situation familiale : célibataire.
Talent : championne d'Europe de biathlon 2023. Précision chirurgicale. Excellente gestion de l'effort et du stress. Endurance +++
Nombre de contrats : 0.

3

Voici un mois que Thérèse vivait chez son neveu, cloîtrée dans cette chambre aux murs décorés d'abjects pochoirs de fleurs. Après l'AVC, le médecin avait conseillé qu'elle ne soit pas seule durant la convalescence et Hadrien avait accepté de l'accueillir chez lui. C'était un garçon anxieux, qui voyait le danger partout, jusque dans sa cuisine qu'il considérait comme un petit Chicago. Attraper une biscotte dans le grille-pain pouvait provoquer une électrocution, sans parler du four et des plaques électriques, on risquait même de s'empaler sur les pointes des couteaux dans le panier à couverts du lave-vaisselle… Employé dans les assurances, Hadrien avait protégé l'entièreté de son existence par diverses clauses en petits caractères. Si d'aventure il était victime d'un attentat ou que son pied était réduit en purée par une tondeuse à gazon, il pourrait se consoler avec la prime et se payer une belle voiture en plus de la prothèse. Presque une bonne affaire. Thérèse détestait cette logique craintive et calculatrice, tellement représentative de notre époque. Pour sa part, elle n'avait jamais souscrit d'assurance et, à l'heure qu'il était, ne pensait qu'à une chose : rentrer chez elle, retrouver son fauteuil et son petit verre de porto qu'elle n'osait pas réclamer à Hadrien, adepte de l'eau pétillante. Son ingratitude la rendait quelque peu honteuse.

Interrompant ces réflexions, la compagne de son neveu apparut dans l'entrebâillement de la porte. Comment s'appelait-elle, déjà ? Quelque chose aux consonances moyenâgeuses. Hermance ? Adélaïde ? Depuis son accident vasculaire cérébral, la tête de Thérèse était traversée par un courant d'air, tout ça à cause d'un minuscule caillot de sang qui s'était fait la malle depuis une artère. L'idée que le monde puisse s'effacer de son cerveau lui donnait des sueurs froides.

– Le dîner est prêt, annonça le visage souriant.

Berthe ! Bien sûr, comment avait-elle pu oublier un prénom pareil ?

– Merci Berthe, j'arrive.

Elle redoutait particulièrement le moment du dîner. À cause de l'AVC, son index droit était à moitié paralysé et elle devait se battre pour découper sa nourriture. Pour ne rien arranger, suivant les conseils des médecins, Hadrien et Berthe tentaient de la stimuler en évoquant sans cesse des souvenirs poussiéreux. Se rappelait-elle du mariage de sa nièce dans une longère normande avec un groupe de musique folklorique ? Une expérience désagréable oblitérée bien avant l'accident.

À table, Hadrien avait retiré sa cravate et sirotait un verre de Badoit rouge en racontant à sa femme la mésaventure d'une cliente dont le balcon s'était écroulé alors qu'elle arrosait ses géraniums. Les constructions n'étaient plus fiables et constituaient des bombes à retardement.

– Un balcon s'écroule chaque semaine en France, annonça-t-il gravement, laissant ses interlocutrices méditer sur cette statistique glaçante.

Thérèse avait autant envie de participer à ce débat que d'écouter une chorale de Noël. Souvent, en leur présence, elle faisait semblant d'être terrassée par la fatigue et, les yeux mi-clos, laissait filer la conversation.

– Alors, cette journée, mamie ? s'enquit Hadrien.

Par commodité, il l'appelait mamie alors qu'elle était sa grand-tante.

– On tue l'ennui, Hadrien. Heureusement, je me sens bien mieux. Je vais bientôt pouvoir rentrer à la maison et vous laisser tranquilles.

– Tu ne nous déranges pas du tout, assura le jeune homme. En ce qui concerne ton retour chez toi, on en parlait justement avec Berthe. On se disait que ce serait bien que tu aies une aide ménagère.

– Une aide ménagère ? s'étouffa Thérèse. Quelle idée !

– Elle pourrait faire toutes les tâches pénibles à votre place, argumenta Berthe. Le ménage, les courses, la cuisine… Et puis, ça vous ferait un peu de compagnie.

Thérèse se raidit tel un chien flairant un danger. Elle se représenta les vieilles qui déambulaient au ralenti dans le parc près de chez elle, accrochées au bras de femmes noires payées une misère.

– Exploiter une malheureuse Congolaise vivant sous le seuil de pauvreté, très peu pour moi ! s'insurgea-t-elle.

– Mais voyons, qu'est-ce que tu racontes ? répondit Hadrien. Je te parle d'une dame salariée, protégée par le droit du travail, qui pourrait te proposer des activités stimulantes pour rester en bonne santé physique et intellectuelle.

Cette manie de présenter les choses sous un angle politiquement correct, signe de la pire malhonnêteté intellectuelle ! Les gens sont prêts aux plus viles manipulations du langage pour ne pas égratigner leur univers petit-bourgeois.

– Tu peux parler d'activités stimulantes, toi qui passes tes soirées vautré dans le canapé à pianoter sur ton téléphone. Je n'ai besoin de personne. Je dirige une agence, j'ai des amies pour jouer à la belote, je fais du Pilates, j'aide les Restos du Cœur et j'apprends même la langue des signes au cas où je deviendrais sourde, je ne vois pas ce que tu veux de plus !

Son neveu échangea un regard douloureux avec son épouse puis vida son verre avec la même ferveur que s'il avalait un tord-boyaux.

– Écoute mamie, on sait que tu as une vie très riche, mais on se fait du souci pour toi. Tu as tout de même fait un AVC. Ta main est paralysée et tu as des absences.

– Quelles absences ?

Elle avait décidé de jouer le déni.

– Très bien, intervint Berthe. Dans ce cas, rappelez-nous quel est l'acteur principal du film qu'on a regardé hier soir.

Elle la fixait avec autant de gravité que si elle lui demandait si elle préférait être enterrée ou incinérée. Une lumière floue s'alluma dans le cerveau de la vieille dame : le nom de l'acteur avait quelque chose à voir avec la botanique ou les espaces verts.

– Dubalcon, tenta-t-elle du tac au tac.

– Dujardin, répliqua Berthe, cinglante.

– Je n'étais pas loin.

– Entre un balcon et un jardin, il y a un monde. Rendez-vous dans une agence immobilière et vous verrez la différence. Je vous donne une deuxième chance, plus facile. Comment s'appelle notre Premier ministre ?

Une vague d'angoisse envahit Thérèse. Déjà, à l'école, elle avait horreur des interrogations surprises. Le tic-tac d'une minuterie s'était mis en marche dans sa tête comme dans un jeu télévisé. Le Premier ministre était forcément quelque part enfoui dans les couches de son cortex cérébral. Si elle ne trouvait pas, Berthe la cataloguerait définitivement dans la catégorie des personnes séniles, réduites à se balader dans les espaces verts au bras de Congolaises à la vitesse d'une limace.

– On ne joue pas au Trivial Pursuit, s'agaça-t-elle dans une tentative désespérée d'éluder.

– Vous ne vous souvenez pas, vous voyez. Tout le monde connaît le nom du chef du gouvernement.

– Les gens se fichent de la politique.

– Un AVC n'est pas anodin, dit Hadrien sur un ton conciliant. Tu ne peux plus conduire et c'est compliqué de cuisiner ou de passer l'aspirateur. Je ne vois pas comment tu pourrais continuer à travailler. Et tu n'es plus en capacité de prendre des décisions : regarde comme tu t'es fait avoir avec cet usurier ! Autant prévenir que guérir, tu ne crois pas ? Si tu vendais ton agence, tu pourrais te payer un établissement haut de gamme et rembourser tes dettes. Tout serait réglé.

Thérèse se figea, sa fourchette en suspens. Le sang avait cessé de circuler dans ses veines.

– Répète un peu ce que tu viens de dire, lâcha-t-elle d'une voix blanche.

– Je dis juste que le jour où tu oublieras de fermer le gaz ou que tu feras tomber une casserole d'eau bouillante, on regrettera de ne pas avoir pris les mesures adéquates.

Berthe hochait la tête comme les petits chiens en plastique sur les plages arrière des voitures.

– Oublier de fermer le gaz n'a rien à voir avec le nom d'un stupide acteur ou des crétins qui nous gouvernent, s'insurgea Thérèse, cramoisie.

Elle serrait très fort le manche de son couteau dans son poing. Comme si c'était un devoir de connaître Pastex et Dujardin ! Elle était parfaitement capable de se débrouiller. Elle avait subi assez d'heures de rééducation éprouvantes avec toutes sortes de médecins spécialisés, kinésithérapeutes, ergothérapeutes, orthophonistes, neuropsychologues et même un acupuncteur.

– Réfléchis-y au moins, supplia Hadrien. Ton appartement est inadapté. Au quatrième sans ascenseur ! C'est presque criminel pour une personne de ton âge. Aujourd'hui, il y a des maisons de santé très bien, avec des logements autonomes et un accompagnement pour les soins.

– Ah, nous y voilà ! Vous voulez m'enfermer dans un asile !

– Une maison médicale, rectifia Berthe.

– C'est pour ton bien qu'on fait tout ça, mamie, dit Hadrien d'un ton geignard.

– Ne me parle pas de ce qui est bien pour moi, articula Thérèse, vibrante de colère. Je vous préviens, ne pensez même pas une seconde à m'envoyer dans une institution avec des vieilles séniles qui passent leurs journées à jacasser et pissent dans des bassines. J'ai toujours vécu seule et je me suis toujours débrouillée. Mêlez-vous de ce qui vous regarde !

D'un geste vif, elle planta son couteau dans la toile cirée sous le regard horrifié de Hadrien et Berthe.

– Demain, je rentre chez moi, conclut-elle en se levant.

Quelques secondes plus tard, le claquement de la porte de sa chambre faisait trembler les murs, laissant le couple tétanisé face à son gratin de blettes.

4

À nouveau le répondeur. *Bonjour, vous êtes bien sur la messagerie d'Anthony Barreau. Je ne suis pas disponible pour le moment…* Depuis qu'Alba avait suggéré cette balade en bateau-mouche, l'agent n'avait plus donné signe de vie. Peut-être qu'il se consacrait à la carrière de talents plus prometteurs, sans patte folle et à l'hygiène de vie irréprochable.

Après s'être servi un cognac, elle se laissa tomber dans le canapé et commença à zapper sans enthousiasme. Il faisait une chaleur suffocante et sa robe lui collait à la peau. Bon sang, qu'est-ce qu'elle détestait la fournaise des villes. Arte diffusait un documentaire sur l'invasion des méduses en Méditerranée. Les bestioles se déplaçaient sous l'eau avec une élégance évanescente. Échouées sur le sable, elles ressemblaient à d'infâmes petits tas de gélatine dont l'aspect lui évoqua le tapioca que lui préparait sa mère. Son téléphone se mit soudain à vibrer sur la table basse, affichant un numéro inconnu. L'espoir furtif que ce soit Anthony s'évanouit quand une voix nasillarde résonna dans son oreille.

– Bonjour, je suis bien sur le portable d'Alba Ferrari ?

– Si c'est de la pub, je raccroche, prévint-elle froidement, flairant un commercial qui allait tenter de lui refourguer des panneaux photovoltaïques ou une pompe à chaleur.

– Je m'appelle Sissoko Samaké. J'ai appris que vous bossiez pour Anthony Barreau.

Estomaquée, elle coupa le son de la télé.

– Il vous a dit ça ?

– Recruter une championne tricolore, ce n'est pas donné à tous les agents. Il a raison d'être fier. Je cherche quelqu'un pour un shooting et j'ai pensé à vous. Ça vous intéresse ?

– Comment vous avez eu mon numéro ?

– Votre ancien agent sportif s'est montré très coopératif quand j'ai dit que j'étais journaliste et que je préparais une série de portraits de champions déchus.

– Faut faire quoi ? demanda-t-elle, un œil sur les méduses.

– Vous seriez disponible pour un café dans une heure ? Je vous expliquerai.

– D'accord.

– Rendez-vous à *La maison jaune*, place Franz Liszt, près de la Gare du Nord. J'aurai un stylo doré posé près de ma tasse et je porterai un chapeau.

– J'y serai.

Puisqu'Anthony ne voulait pas lui confier de travail, elle allait se débrouiller sans lui. Elle voulait savoir ce que ça faisait de passer à l'action. Jusqu'à présent, tout ça restait abstrait, théorique comme une équation mathématique. Et elle n'en pouvait plus de végéter dans cet appart.

Elle fila dans la salle de bains et se rinça longuement la bouche pour faire disparaître l'odeur du cognac – on a à peu près autant envie de confier un assassinat à une alcoolique que de se faire arracher une dent par un ferrailleur roumain. Son Beretta dans son sac à main car on n'est jamais trop prudent, elle sortit dans la fournaise.

À *La maison jaune*, elle repéra Samaké assis près d'une boule de buis, un stylo doré posé près de son expresso. C'était un Noir malingre, chapeau vissé sur la tête, le visage criblé de cicatrices. Elle s'assit en face de lui, son sac à main sur les genoux.

– Sissoko, enchanté. Vous buvez quelque chose ?

– Un Perrier rondelle.

Il fit signe au garçon d'un doigt autoritaire. La terrasse était clairsemée et les conversations se noyaient dans la circulation de la rue Lafayette.

– J'ai vu sur YouTube la finale de biathlon à Oslo. Vous êtes une tireuse hors pair.

– Merci, rougit Alba.

Il alluma une cigarette et souffla un ruban de fumée tortueux.

– Un collègue m'a confié un contrat que je ne peux malheureusement pas honorer, démarra-t-il. Je dois prendre un avion demain pour Ajaccio. J'ai réservé un séjour dans un hôtel de luxe. Le Palazzo, vous connaissez ?

Alba secoua la tête négativement. Elle, son truc, c'était la montagne, les grands espaces et le silence, avec pour seule compagnie les rapaces planant dans le ciel gelé. Un complexe touristique sur la mer ne lui serait pas venu à l'idée.

– Je vous recommande, poursuivit l'autre. Le service est impeccable. Ma copine m'en voudrait à mort si j'annulais. Alors je cherche quelqu'un pour me remplacer.

– Qui est la cible ?

– Un homme politique. Sur une terrasse à l'heure du déjeuner. Pour vous, ce serait un jeu d'enfant.

– Combien vous payez ?

– Soixante mille.

Le serveur posa le Perrier sur la table. Le verre glacé entre ses doigts, Alba se mit à martyriser la rondelle de citron du bout de la paille en réfléchissant. Elle n'avait aucune idée du tarif pour ce genre d'assassinat. Et si c'était le double ? Le type la fixait de ses yeux jaunâtres et l'idée qu'il puisse chercher à l'arnaquer lui traversa l'esprit. Sans agent, elle devait se débrouiller pour la négociation. Anthony lui avait dit que les tireurs d'élite pouvaient exiger une rémunération majorée, un peu comme les professeurs agrégés dans les lycées. Pour être honnête, elle avait l'impression que c'était Samaké qui lui rendait service et non l'inverse. Mais ne pas négocier était une façon de déprécier ses compétences. Bon sang, elle avait quand même représenté les couleurs de la France !

– Quatre-vingt mille, s'entendit-elle articuler.

– Tope là.

Trop facile, elle aurait dû exiger plus. Il écrasa sa cigarette puis fit glisser une photo sur la table. La cible avait une tête d'obus. À moitié chauve, un bandeau de cheveux enroulé autour du crâne, col de chemise fermement boutonné. Samaké lui expliqua que l'édile avait rendez-vous pour une discussion officieuse à la terrasse d'un restaurant dont il lui donna l'adresse. Il ne serait protégé par aucun garde du corps. Alba se positionnerait à la fenêtre d'un appartement touristique loué à cet effet, tirerait puis filerait par une porte située à l'arrière de l'immeuble. L'opération ne prendrait pas plus de quelques minutes.

Nom : Sissoko S.
État civil : né le 9 novembre 1997 à Bamako (Mali).
Situation familiale : célibataire.
Talent : spécialiste des armes à feu.
Nombre de contrats : 12.

5

Chaque fois que l'un de ses talents était sur le terrain, c'était la même histoire : Anthony ne pouvait s'empêcher de se ronger les sangs. Il tournait en rond, aussi nerveux qu'un entraîneur de foot sur le banc de touche, sauf que lui ne pouvait pas assister à la partie. Il ne respirait qu'une fois reçu le texto confirmant la réussite de la mission. Ce jour-là, le message tardait et ça devenait inquiétant. Tout aurait dû être réglé depuis une heure. Qu'est-ce que Ghost Dog fabriquait ?

Il construisait dans sa tête toute sorte de scénarios en faisant les cent pas dans son salon. Et si le sicaire avait raté la cible, fait un malaise ou, pire, s'était fait prendre ? Il consulta son portable : toujours rien. Quelque chose clochait. De plus en plus tendu, il alluma la radio réglée sur une station d'information en continu. La voix monocorde de la présentatrice s'échappa du poste, égrenant les mauvaises nouvelles. Crise économique, incendies destructeurs, guerre en Ukraine, température frôlant les cinquante degrés en Espagne… L'espèce humaine est une sale race, songea-t-il, capable de tout détruire autour d'elle. Comparés aux carnages perpétrés par les dirigeants de cette planète, ses petits meurtres à lui pesaient bien peu.

Enfin, un flash info retentit. « *On apprend à l'instant que le secrétaire d'État aux solidarités et à la cohésion sociale,*

Jean-François Ronsard, et une figure du grand banditisme, Archibald Petzoldt, ont été victimes d'une fusillade meurtrière alors qu'ils déjeunaient en terrasse d'un restaurant parisien. Jean-François Ronsard est mort sur le coup et Archibald Petzoldt a été transféré à l'hôpital de la Pitié Salpêtrière dans un état critique. Selon l'inspecteur de la police criminelle… »

Anthony se figea, foudroyé. Est-ce qu'il avait bien entendu ? Pourquoi Archibald Petzoldt avait-il été touché ? Fébrile, il dégaina son smartphone et tapa dans le moteur de recherche « fusillade Paris Petzoldt ». Une brève confirma l'information aussitôt : « Hospitalisation d'Archibald Petzoldt après une blessure par balles ». Une bouffée d'angoisse l'envahit. Ghost Dog avait-il pu arroser toute la table et abattre l'un des plus puissants cadres de la pègre ? Est-ce qu'il était assez idiot pour avoir commis une chose pareille ? Pris de vertige, il alla se passer le visage sous le robinet. Ce n'était pas un mauvais rêve. Les conséquences se dessinaient peu à peu dans son esprit. Pour Théodore Petzoldt, c'était lui, Anthony, son seul contact, qui portait la responsabilité du crime. Il s'imaginerait qu'il avait embauché un bleu ou que quelqu'un lui avait commandité le meurtre de son frère et qu'il avait voulu jouer sur les deux tableaux. Il ferait tout pour lui faire cracher les noms du tireur et du commanditaire. La main et le cerveau. Après l'avoir torturé pour le faire parler, ils dissoudraient son corps dans une cuve d'acide. Ses sbires étaient peut-être même déjà en route.

Une sueur glacée inonda sa chemise. Le monde tranquille et cossu qu'il avait patiemment construit s'effondrait. Fou de rage, il donna un coup de poing contre l'émail du lavabo. Lui, l'agent dévoué à ses tueurs, allait avoir des sicaires aux trousses…

6

Thérèse avait dormi d'un sommeil agité. Dans ses rêves, des infirmiers l'attiraient dans une camionnette en lui faisant croire qu'ils l'emmenaient au cinéma et elle se retrouvait séquestrée dans un bâtiment aux fenêtres munies de barreaux. Un policier aux allures de Gestapiste plaçait devant elle la photo du Premier ministre. Le reconnaissait-elle ? Impossible de se rappeler son nom. Furieux, l'homme lui projetait une lumière éblouissante en pleine poire et lui hurlait dessus qu'elle était VIEILLE, SEULE ET SANS VALEUR.

Au réveil, cette sentence résonnait encore dans le cerveau de Thérèse. *Vieille, seule et sans valeur.* À la clinique, c'était précisément ce qu'ils pensaient d'elle. Même si personne ne le disait clairement, la priorité était de remettre sur pied les patients productifs, attendus par un patron, une femme, un mari, des enfants. Thérèse, elle, ne servait plus à rien, tel un objet obsolète. Elle repensa au professeur d'université avec lequel elle avait partagé une chambre dans l'unité de rééducation. Il bavait un peu à cause de problèmes de déglutition mais, hormis ce détail, il n'avait rien perdu de son aisance naturelle. Une photo pimpante de sa famille était posée sur sa table de chevet à côté d'une pile d'essais. L'un des titres était resté gravé dans la mémoire de Thérèse : *Le Geste et la Parole* d'André Leroi-Gourhan. Dans un service de rééducation post-AVC, c'était approprié, rien à dire. Tout chez cet homme était à propos, même son épouse délicate qui venait l'embrasser chaque soir. Pour sa part, Thérèse ne recevait aucune visite en dehors de celles de son neveu, épisodiques, et elle n'avait exposé aucune photo près de son lit. Aux petits signes d'attention que les infirmiers accordaient au professeur, il était évident que si lui et Thérèse faisaient une crise cardiaque au même moment, les soignants chercheraient d'abord à sauver le premier. Il avait d'ailleurs bénéficié de beaucoup plus de séances d'orthophonie et, contrairement à elle, avait eu accès au simulateur de conduite.

Thérèse repensa à la scène de la veille avec Hadrien et Berthe. Ça, ce n'était pas un mauvais rêve. Ils avaient bien dit qu'ils voulaient la placer en maison de retraite et elle avait bien planté son couteau dans la table. Ils avaient dû en parler toute la nuit, réfléchir à des mesures pour la préserver du danger qu'elle représentait pour elle-même. Ces deux-là étaient parfaitement capables de l'interner de force. Peut-être avaient-ils même déjà commencé les démarches.

Elle se leva sur la pointe des pieds et ouvrit la porte de la chambre avec autant de précautions que si un psychopathe pouvait se tenir tapi dans le salon. À cette heure, le couple devait être parti au travail. Elle s'introduisit dans le bureau qui servait également de buanderie. Une odeur de lessive entêtante flottait dans l'atmosphère et des chemises attendaient d'être repassées. Berthe passait tout au fer, même les slips de Hadrien. Derrière la fenêtre, une succession de façades d'immeubles aux crépis fatigués. De sa main valide, elle entreprit de passer en revue les papiers posés sur la table. Des factures, des documents administratifs, des prescriptions médicales… Elle ne savait pas précisément ce qu'elle cherchait mais un pressentiment la guidait. Un paquet de relevés de compte lui échappa et elle maudit son index paresseux en tentant de ramasser toutes les feuilles.

Dans un tiroir, des dossiers cartonnés portaient des inscriptions tracées de l'écriture ronde et lisse de Hadrien. *Impôts, assurances, santé… Ehpad*! La vue de l'acronyme lui fit l'effet d'une décharge électrique. Tremblante, elle arracha les élastiques. La pochette contenait des brochures en papier glacé. *Les Senioriales, résidence pour personnes dépendantes. Les Magnolias, Ehpad en plein centre-ville. L'Alouette, une résidence première classe.* Sur les plaquettes, des têtes blanches souriaient, épanouies comme en villégiature. Il y avait même une feuille sur laquelle Hadrien avait noté les tarifs et les services proposés pour comparer les établissements. *Les Senioriales* disposaient d'un kiné et d'une manucure alors que *L'Alouette* s'enorgueillissait d'un menu végétarien et de chambres avec balcon. *Les Magnolias* recevaient la visite régulière des enfants de l'école maternelle voisine afin de stimuler les pensionnaires. À Pâques, les vieux et les bambins participaient ensemble à la chasse aux œufs.

Livide, Thérèse rangea les brochures, des pulsations tambourinant contre ses tempes. Elle repensa à la maison de retraite où sa propre mère avait fini ses jours. Les infirmières nourrissaient les vieillards à la petite cuillère puis leur mettaient de la musique de l'entre-deux-guerres ou un documentaire animalier. Elle préférerait mourir plutôt que survivre dans cette atmosphère. Elle avait construit toute son existence pour être libre et autonome. Pas de mari, pas de patron. Celui qui arriverait à la cloîtrer entre quatre murs n'était pas né.

Elle remit le dossier en place et poussa le tiroir d'un coup sec comme pour l'y enterrer à jamais. Ses yeux se posèrent sur une photo de Hadrien et sa femme, enlacés sur un rocher, et un sentiment de fureur l'envahit. Pour qui se prenaient-ils pour décider de son existence à sa place ? Et s'ils l'avaient déjà inscrite dans l'un de ces établissements ?

Hors de question d'attendre les bras croisés qu'on vienne l'interner. Elle composa le numéro de Lucienne, la secrétaire de l'agence mais aussi son amie la plus proche.

Une voix au fort accent pied-noir explosa dans le téléphone, lui faisant l'effet d'un bonbon à l'anis.

– Thérèse ! Comment se passe ta rééducation ?

Depuis l'accident, Lucienne s'adressait à elle comme si elle était sourde. Il paraît qu'on parle plus fort aux aveugles alors qu'ils ont une ouïe remarquable.

– J'ai encore du mal à me souvenir du nom du Premier ministre mais je suis à nouveau capable d'agrafer mon soutien-gorge.

– Il faut que tu viennes en cure à Enghien-les-Bains, ça te remettrait d'aplomb.

Les cures étaient la marotte de Lucienne. Elle raffolait de ces séjours lors desquels elle trouvait toujours un retraité avec qui passer du bon temps. Thérèse, elle, était modérément enthousiaste à l'idée de se retrouver au milieu de veufs en peignoir plus frustrés les uns que les autres.

– J'y réfléchirai. En attendant, j'ai un service à te demander. Est-ce que tu pourrais passer me prendre chez mon neveu pour me ramener à la maison ?

– Bien sûr.

– Merci Lucienne. Je te revaudrai ça.

Soulagée, elle raccrocha et fila faire sa valise. Elle se réjouissait de retrouver son appartement avec vue sur le bois de Vincennes et, au loin, le rocher du zoo qui pointait vers le ciel comme un immense menhir planté derrière le périphérique.

Elle imaginait la tête de Hadrien et Berthe quand ils constateraient sa disparition en rentrant du travail lorsque, soudain, elle réalisa avec effroi que leur premier réflexe serait d'aller la chercher chez elle, forcément. S'ils ne l'y trouvaient pas, ils avertiraient la police, déclareraient qu'elle était sénile et errait probablement dans les rues en savates et robe de chambre. Son portrait serait affiché dans les boutiques du quartier, peut-être même diffusé dans les médias comme ceux des enfants lors du plan alerte-enlèvement. *Femme de soixante-quinze ans, un mètre soixante, cheveux carotte. Signe distinctif: main à moitié paralysée, ne connaît pas le nom du Premier ministre. Composez le 116 000 (appel gratuit depuis un poste fixe).* Après ça, entre sa fugue et les dettes de l'agence, ils pourraient bien parvenir à la mettre sous tutelle.

Anéantie, elle se laissa tomber dans un fauteuil. Même si Hadrien et Berthe interdisaient catégoriquement qu'on fume chez eux, elle attrapa un cigarillo dans sa boîte métallique, l'alluma et, avec volupté, recracha une volute de fumée dans leur salon.

Peu après, la sonnerie de la porte retentit. Lucienne se tenait sur le seuil, un paquet de calissons entre les mains. Thérèse avait préparé du café et elles s'installèrent dans le canapé. Du coin de l'œil, Lucienne épiait le canard en plâtre qui trônait sur la commode. Berthe occupait ses week-ends en peignant des figurines animales, activité pas plus idiote que le maquettisme ou le point de croix.

– Je viens de découvrir que mon neveu veut me mettre en maison de retraite, annonça Thérèse d'un air lugubre.

Lucienne stoppa net sa petite cuillère dans sa tasse, aussi outrée que si son amie lui apprenait qu'on voulait la faire empailler.

– Il dit que je suis handicapée et que je débloque, poursuivit Thérèse. Sa femme pense que le fait que je ne me souvienne pas du nom du Premier ministre est le signe d'une dégénérescence cérébrale irrémédiable.

– Qu'est-ce qu'on s'en fout, de ce couillon ! s'indigna Lucienne. Aujourd'hui, la moitié de la population ne veut pas entendre parler des buses qui nous gouvernent.

– Et puis, ils sont revenus à la charge avec l'agence. Ils veulent que je m'en débarrasse pour financer une maison de retraite.

– Les chiens !

– Tu crois qu'ils peuvent m'y obliger ? demanda Thérèse.

– Tu te souviens de la femme du charcutier de la rue Claude Decaen ?

– La potiche qui posait près de la caisse pendant que son mari découpait les côtelettes au hachoir ?

– À sa mort, elle a atterri dans un Ehpad, et tu veux savoir pourquoi ?

Thérèse opina avec appréhension.

– Elle ne se nourrissait plus que de salade de museau, lâcha la secrétaire. Ses enfants l'ont accusée de laisser-aller et hop, en maison de retraite ! C'est comme ça que ça se passe, aujourd'hui. Un régime alimentaire atypique, une pensée divergente, et on vous fait enfermer. Dès qu'on s'écarte de la norme, la sanction est immédiate.

Un frisson parcourut l'échine de Thérèse. Si on pouvait interner des gens au motif qu'ils se gavaient de salade de museau, mieux valait ne pas imaginer le sort qu'on réservait à ceux qui oubliaient le nom du Premier ministre.

À côté d'elle, Lucienne était partie dans une diatribe philosophique sur la liberté, valeur face à laquelle l'excès de salade de museau avait bien peu de poids.

– Tant qu'on ne nuit pas à autrui, se négliger est un droit inaliénable, argumenta-t-elle avant d'engouffrer un calisson.

– Hors de question que j'aille m'enfermer dans un mouroir. Depuis que Hadrien m'a aidée après mon accident, il se croit investi de je ne sais quelle mission, il se fiche de mon avis ! Je ne veux pas rester ici, mais si je rentre à la maison, il viendra m'y chercher aussitôt.

– Viens chez moi le temps de trouver une solution, suggéra Lucienne.

– Tu crois ?

– Mais oui. En plus, Bernadette et Marie-Claude viennent ce soir jouer aux cartes. À quatre, on pourra faire une belote.

Thérèse considéra sa secrétaire avec reconnaissance. Cela lui donnerait le temps de réfléchir. Soulagée, elle écouta Lucienne lui raconter son programme d'escapade à Enghien-les-Bains où elle prévoyait de ne boire que de l'eau thermale, de manger des légumes verts et de séduire un jeune sexagénaire.

7

Vidée jusqu'à la dernière goutte, la bouteille de vodka avait atterri par terre et roulé sur plusieurs mètres. Alba tremblait, recroquevillée sur le canapé. Les traînées de maquillage formaient des sillons sombres sur ses joues. Comment tout avait pu déraper à ce point? Au départ, sa mission s'était déroulée comme prévu. En place à la fenêtre du deux-pièces loué sur Airbnb, elle avait attendu que sa cible s'installe à sa table, s'efforçant de ne pas penser à l'homme de l'autre côté du viseur. Elle allait juste faire ce qu'elle avait toujours fait: tirer sur un objectif avec une précision chirurgicale. Mais ce qu'elle avait vu dans la lunette l'avait scotchée. L'homme qui déjeunait avec la cible! C'était le connard du club de tir! Elle l'aurait reconnu entre mille. Sa rage lui était revenue instantanément, comme une bouffée de chaleur.

Elle avait bien tenté d'évacuer les idées qui se pressaient dans sa tête, mais rien à faire. Et si elle tirait deux balles au lieu d'une? Quelle différence? Des connards comme lui, qui se croyaient intouchables, ça soulagerait l'humanité si elle l'en débarrassait. Puisqu'elle s'apprêtait à commettre un acte irrémédiable, pourquoi ne pas faire quelque chose d'utile, au passage? Une sorte de vertige s'était emparé d'elle et, sans réfléchir, elle avait arrosé la table. Le secrétaire d'État avait reçu une balle en plein front et le porc s'était affaissé sur sa chaise comme une poupée de chiffon. Comment aurait-elle pu savoir qu'il s'agissait de l'un des plus puissants trafiquants du pays et qu'on en parlerait dans les médias ?

Désemparée, elle se moucha dans un kleenex. Elle mourait d'envie de descendre à l'épicerie acheter une bouteille de scotch mais elle tenta de se raisonner. Penser à autre chose. Mais à quoi ? Elle aurait voulu s'arracher le cerveau.

Sur la table basse, son portable, réglé en mode silencieux, bourdonnait comme une mouche enfermée dans un bocal. Onze appels manqués, tous de Samaké. Les proches du caïd allaient traquer le tueur pour le venger. Elle tira une Marlboro d'un paquet et l'alluma, tentant de maîtriser ses nerfs. Comment allait-elle se sortir de ce mauvais pas ? Elle se sentait totalement perdue. Elle aurait voulu parler à quelqu'un, n'importe quel être humain susceptible de l'écouter sans la juger, de lui donner des conseils, quelqu'un qui lui dirait des choses rassurantes à l'oreille, *Chut, ce n'est pas grave, il l'avait bien cherché, tu as bien fait...* Le genre de truc que lui disaient autrefois ses copines. Si elle avait encore eu son entraîneur ou son agent sportif, ils l'auraient enveloppée de leur bienveillance et de leur maturité ou l'auraient envoyée fissa chez le psychologue en charge des athlètes. Mais là, elle était seule. Elle n'allait tout de même pas téléphoner à ses parents. Qu'est-ce qu'elle leur dirait ?

Elle ferma les yeux et tenta de se recentrer sur elle-même. Elle visualisait une petite boule dans le creux de son estomac quand ce qu'Anthony lui avait dit au sujet de la règle d'or du métier lui revint en mémoire : effacer toutes ses traces afin que personne ne puisse remonter jusqu'au tireur. Est-ce qu'elle l'avait fait ? Elle avait tiré sans se soucier des conséquences, sans penser à l'étape d'après. Maintenant, Samaké savait que c'était elle qui avait assassiné un cadre de la pègre et il allait donner son nom ou la tuer lui-même pour offrir sa tête à la famille Petzoldt. Elle aurait dû écouter Anthony: il avait raison, elle n'était pas prête.

Elle tira sur sa cigarette en espérant se consumer avec elle. Se calmer, prendre les choses posément. Qu'est-ce qu'elle pouvait faire? Se teindre les cheveux, porter des lentilles de couleur, s'acheter un niqab et s'en vêtir dans la rue? Des bricolages futiles et provisoires… Après avoir pris le problème dans tous les sens, elle s'aperçut que la seule solution pour véritablement régler les choses était d'empêcher Samaké de parler. À part lui, personne ne savait que c'était elle qui se trouvait derrière le fusil. Si elle voulait sauver sa peau, il fallait se dépêcher de briser la chaîne qui menait jusqu'à elle. Après tout, il l'avait bien cherché en lui demandant de faire ce boulot à sa place. Au rabais en plus, elle en était sûre. Par chance, cet idiot lui avait dit où il passait ses vacances. Il fallait voir les choses du bon côté: elle n'avait pas quitté Paris depuis des mois et l'air des villes l'oppressait. Au point où elle en était, elle n'avait plus rien à perdre.

8

Marie-Claude et Bernadette arrivèrent sur le coup de vingt heures armées d'une bouteille de Limoncello. La première portait un chemisier en soie couleur sable et de grosses boucles d'oreilles en spirale, la seconde une robe en daim. Les deux veuves prirent place autour de la table du salon de Lucienne. Au mur, des peintures rococo représentaient des scènes de chasse et des natures mortes.

– Ça fait plaisir que tu sois de retour, Thérèse, dit Bernadette en servant des verres de liqueur.

C'était une petite femme ratatinée qui se gavait de pastilles Vichy et distribuait les cartes à la vitesse d'un automate. Son mari, un comptable rabat-joie, avait cassé sa pipe cinq ans auparavant, renversé par une trottinette électrique.

Les veuves étudiaient leurs jeux avec une gravité solennelle.

Thérèse avait une bonne main : une longue à pique avec un valet, un neuf, un as et un dix.

– Je passe, lâcha Marie-Claude.

– Je prends à pique, annonça Thérèse.

Les soirées tripot lui avaient manqué.

La partie était bien entamée quand le téléphone de Lucienne se mit à émettre la mélodie de *I'm a Barbie girl* à plein volume. À contrecœur, elle décrocha et lança un regard inquiet en direction de Thérèse.

– En effet, je travaille à l'agence de votre tante, articula-t-elle.

Hadrien ! Thérèse retint son souffle. Il devait appeler tous les contacts de son répertoire pour tenter de la trouver.

– C'est qui ? s'égosilla Marie-Claude qui était appareillée.

Tout le monde lui fit signe de la boucler.

– Non, je ne l'ai pas vue, poursuivit Lucienne. On s'est appelées hier et elle ne m'a rien dit de particulier. J'espère qu'il ne lui est rien arrivé. Si j'ai des nouvelles, je ne manquerai pas de vous prévenir.

Quand elle eut raccroché, les veuves la fixèrent avec appréhension.

– C'était ton neveu, dit Lucienne. Il a signalé ta disparition à la police.

– La police ? blêmit Thérèse.

Elle imagina les flics en train d'arpenter les rues pour interroger le voisinage. Le ronronnement de la circulation derrière le double vitrage envahit un instant la pièce tel un bourdonnement de mauvais augure.

– Pourquoi tu ne lui parles pas franchement ? demanda Bernadette. Tu ne crois pas qu'il peut revenir à la raison ?

– Hadrien ? Je ne peux pas lui faire confiance. Rappelle-toi qu'il a contacté des Ehpad sans m'en parler.

– Tu pourrais te marier, suggéra Lucienne. On a une armoire remplie de dossiers d'hommes célibataires à l'agence.

– À quoi ça servirait ?

– Ton neveu te lâcherait la grappe.

– Pour devenir l'aide-soignante d'un vieux grabataire, non merci ! De toute façon, même les veufs de tes cures thermales ne voudraient pas d'une femme avec une main paralysée.

– À cet âge, je t'assure qu'ils font moins les difficiles, répliqua Lucienne.

Thérèse s'efforça d'évacuer les images de peaux grises et flétries qui s'affichaient dans son cerveau. Même si elle avait eu un certain nombre de partenaires au cours de sa vie, elle n'avait jamais envisagé de vivre en couple et elle avait définitivement passé l'âge des compromis. Pour se retrouver avec un bonhomme qui ronfle à en faire trembler les murs, comme tous les vieux, non merci !

– Il faut que je parte à un endroit où Hadrien me fichera la paix, décida-t-elle. Demain, j'irai dans une agence de voyages et je réserverai un billet d'avion pour Lisbonne ou Buenos Aires.

– Comment tu te débrouilleras, là-bas ? demanda Bernadette.

– Je prendrai un séjour en pension complète pour commencer et j'achèterai une méthode Assimil.

– Avec ta mémoire de poisson rouge, tu mettras des semaines avant d'être capable de commander une tortilla, pouffa Marie-Claude.

Thérèse devait bien avouer qu'elle avait raison. D'ailleurs, elle avait encore oublié le nom du Premier ministre.

– Attends, j'ai peut-être une idée, lâcha soudain Bernadette. Tu te souviens de mon petit-fils ? Si j'ai bien compris, son truc c'est d'organiser des vacances pour des gens stressés accros à leur téléphone. Il appelle ça des « séjours de déconnexion ». En gros, il leur confisque leurs portables et les envoie dans des coins perdus partout en

France et à l'étranger. On leur fait faire des marches au grand air, du fromage de chèvre ou du jardinage. Parfois, ils s'occupent aussi des poules.

– Ton petit-fils a toujours eu le sens des affaires… grimaça Marie-Claude.

– Peut-être, mais là-bas Thérèse serait certaine que son neveu ne puisse pas la trouver. Si tu veux, je l'appelle demain matin. Il te fera un tarif préférentiel. Attends, je dois avoir sa carte.

Elle fouilla dans son sac à main et en sortit un rectangle cartonné qu'elle posa sur la table.

Thérèse l'étudia un instant, sceptique. Le concept ne lui disait rien qui vaille mais ce serait toujours mieux que l'Ehpad. Et puis, l'air de la campagne ne pourrait pas lui faire de mal.

– D'accord, appelle-le demain.

Renfrognée, elle abattit son valet de pique sur la toile cirée.

9

Le pistolet dans son holster, Anthony s'approcha de la fenêtre. Un calme mortel figeait la rue, ses pavés et ses jardinières d'hortensias. Il ne cessait de penser à ce qui avait pu se passer place Dauphine. Bien sûr, Ghost Dog ne répondait pas au téléphone. Avait-il sciemment tiré sur Archibald Petzoldt? Peut-être qu'un agent concurrent avait surenchéri pour qu'il liquide le caïd. À moins qu'il ait délégué le meurtre à un autre tueur. Anthony avait eu vent d'un contrat sous-traité dix fois. Le type en bout de chaîne était payé une misère alors que c'était lui qui risquait la peine de prison la plus lourde. Ghost Dog avait probablement engagé un collègue et qui sait si ce dernier n'avait pas fait de même.

En bas, le voisin promenait son yorkshire, un roquet qui aboyait contre Papa et Maman comme si les rues lui appartenaient. Les bêtes adoptent la mentalité de leurs maîtres. Anthony sortit son flingue et s'amusa à placer le chien dans son viseur. S'il tirait, tout le XVIe serait en deuil. Un pauvre animal sans défense assassiné dans le quartier Chaillot, signe indiscutable que les remparts de la bourgeoisie s'effondraient et qu'on n'était plus en sécurité nulle part. Quand il pensait à la façon dont ces cabots de riches étaient choyés, ça lui donnait la nausée. Étant gosse, il aurait bien aimé bénéficier des mêmes attentions, mais on laissait des mères dormir sur des trottoirs tandis qu'on payait des détartrages à des caniches.

À cet instant, un SUV Mercedes aux vitres teintées déboula et se gara juste en bas de l'immeuble, les roues sur le trottoir. Quatre costauds en descendirent et il ne s'agissait pas de fils à papa du quartier. Trapus, le crâne rasé, ils portaient des gilets de chasseur sur des tee-shirts qui moulaient leurs pectoraux, leur démarche ne laissait pas de doute. Parmi eux, il reconnut Titov. Deux mètres de haut, le visage abîmé par un tir de roquette, l'ancien légionnaire biélorusse était passé du crime légal au crime illégal, plus rémunérateur et pas forcément plus dégueulasse. Accro à l'adrénaline et aux fusillades, il accompagnait souvent ses sicaires sur le terrain, tous des Polonais, des Russes, des Moldaves ou des Biélorusses. Les salopards n'avaient pas perdu de temps.

Sans hésiter, Anthony siffla Papa et Maman et s'empara du sac contenant son argent liquide caché dans un placard. Puis il fila dans la cuisine et, les chiens dans ses bras, sauta dans la cour intérieure depuis la fenêtre du premier étage. Il courut vers la porte métallique qui donnait accès à une rue adjacente. Comme il fallait s'y attendre, Titov avait étudié les plans et positionné un homme sur le trottoir. Avant que celui-ci n'ait le temps de faire feu, il lui logea une balle dans la tête, puis s'élança à grands pas en direction de l'avenue de la Grande Armée. Il bouscula un chauve, une femme juchée sur des talons aiguilles dans une improbable robe fourreau, puis atteignit la grande artère et se fondit dans la masse des touristes. Papa et Maman couraient derrière lui, se faufilant entre les jambes d'un groupe de Chinois venus visiter les Champs-Élysées. Au loin, l'Arc de triomphe trônait, grandiose et imposant, auréolé d'un nuage de pollution.

Plusieurs taxis patientaient à une borne et Anthony se jeta sur la banquette du premier de la file.

– Roulez ! ordonna-t-il.

– On va où ? maugréa le chauffeur, jetant un œil mauvais aux chiens.

– Place de la République, répondit Anthony au hasard. Démarrez !

À son grand soulagement, la voiture s'engagea dans le flux de la circulation.

Le conducteur fixait la route d'un air lugubre tandis que l'autoradio, branché sur *Rire et chansons*, diffusait des sketchs arrosés de rires préenregistrés. Les chauffeurs de taxi parisiens avaient souvent une allure proche de celle des tueurs à gage : mâchoire serrée, mine hostile, regard concentré. Après la place du Châtelet, ils filèrent sur le boulevard de Sébastopol. À un feu rouge, la voiture s'immobilisa près de sans-abri assis sur une bouche d'aération. Anthony avait tué des dizaines de personnes pour échapper à la misère mais, au bout du compte, peut-être finirait-il comme ces hommes qu'on laissait crever dans la plus complète indifférence. Si ça lui arrivait, il se tirerait une balle dans la tête plutôt que de dormir dehors ou dans un dortoir crasseux. Il n'attendrait aucun secours de la société. Si on avait voulu l'aider, il fallait le faire avant. Par exemple en trouvant un logement à sa mère pour qu'elle échappe aux coups de son beau-père, ou en lui proposant des perspectives plus réjouissantes qu'un CAP « Agent de propreté et d'hygiène » et, tant qu'à faire, en ne le laissant pas tomber à sa majorité.

Il détacha son regard des rues grouillantes qui défilaient derrière la fenêtre et tenta de réfléchir. À présent, il n'était plus en sécurité nulle part. Titov allait le traquer partout. Pire, si Petzoldt mettait sa tête à prix sur les réseaux sociaux, n'importe quel taré pouvait décider d'arrondir ses fins de mois en le trucidant. Il fallait trouver au plus vite un endroit où se cacher. Mais il n'avait pas de planque, pas de famille, aucun ami, juste des connaissances, des copains de circonstances. Il avait construit sa vie tout seul, sans se lier à personne en dehors de ses chiens. L'espace d'un instant, il pensa à sa mère : elle non plus n'avait sans doute eu personne à appeler pour obtenir de l'aide, sinon elle n'aurait pas fini par se jeter sur les rails d'un RER.

Le mieux serait de quitter Paris et de se terrer quelque part où Titov n'aurait pas l'idée de le chercher. Un lieu déconnecté des réseaux criminels. Soudain une fenêtre s'ouvrit dans son esprit. Il venait de se souvenir du maître de Gamelle, un fox-terrier qui avait sympathisé avec Papa et Maman aux jardins de l'avenue Foch. Pendant que les chiens se reniflaient le cul, le type lui avait raconté qu'il travaillait dans la « Digital detox » : le principe consistait à partir en vacances en déconnectant radicalement. Il s'était vanté d'envoyer des gens dans les coins les plus reculés de France et un peu partout dans le monde en les coupant de tout.

Anthony fouilla dans son portefeuille pour retrouver la carte que le type lui avait donnée.

Deconnect

Olivier Lavoine • Organisation de séjours de déconnexion

06 87 43 85 90 • contact@deconnect.com
32 boulevard Beaumarchais
75011 Paris

Dix minutes plus tard, le taxi le déposait à l'adresse indiquée. Sur la façade de l'immeuble haussmannien, une plaque dorée portait l'inscription « Agence Deconnect, 1er étage ». Il y avait aussi un dentiste au quatrième et un psy au cinquième. Il mit Papa et Maman en laisse et entra dans le bâtiment. Un escalier en bois patiné s'enroulait vers les étages. Au premier, il pressa la sonnette et attendit, se composant une physionomie la plus décontractée possible. Une femme d'une trentaine d'années en marinière lui ouvrit.

– Je peux vous aider ? demanda-t-elle, posant un œil intrigué sur les chiens.

– Est-ce qu'Olivier Lavoine est là ?

– C'est à quel sujet ?

– Ses séjours de déconnexion. Nous nous connaissons, il m'a dit de passer au bureau.

– Suivez-moi. Il est en rendez-vous téléphonique, mais il ne devrait pas en avoir pour longtemps.

Dans l'open space, plusieurs personnes pianotaient sur des MacBook ou parlaient au téléphone. Un canapé en daim trônait près d'une fontaine à eau et d'une machine Nespresso. Anthony se laissa tomber sur le coussin moelleux. Sur la table basse, une brochure gouvernementale mettait en garde contre l'usage des écrans chez les jeunes enfants et des magazines vantaient les bienfaits de la déconnexion lors de voyages en Turquie, en Inde et au Bangladesh. Quelles destinations exotiques et dépaysantes le maître de Gamelle allait-il lui proposer ?

Alors que les gens s'affairaient autour de lui, il songea que c'était une agence comme celle-ci dont il rêverait. Des bureaux chaleureux, une secrétaire pour s'occuper de la logistique des employés en tournée, des collaborateurs bienveillants, un canapé confortable pour mettre à l'aise les clients... Un jour, quand il sera devenu un agent de renommée internationale, il s'offrira des locaux comme ça.

Olivier Lavoine, trentenaire fluet à la calvitie précoce, apparut bientôt dans le couloir. Il avait troqué son tee-shirt et ses baskets de running contre une chemisette à motifs et des sneakers bicolores. À l'assurance qu'il dégageait, il était clair qu'on ne lui avait jamais proposé de s'orienter en CAP « Agent de propreté et d'hygiène ». Quand le jogger aperçut les chiens, son visage changea d'expression.

– Papa et Maman ! s'exclama-t-il. Venez, je vous en prie !

La secrétaire lui lança un regard surpris tandis qu'Anthony le suivait dans une pièce spacieuse avec vue sur un alignement de platanes. Au mur, des photographies de chutes d'eau, de torrents et de rivières, censées produire une sensation d'apaisement. Il s'installa dans un fauteuil club pendant que Papa et Maman s'allongeaient sur un tapis épais de plusieurs centimètres, pattes repliées sous le museau.

– Qu'est-ce que je peux faire pour vous ? demanda sans ambages le jogger en écartant une pile de papiers sur son bureau.

– Il faut que je déconnecte, annonça Anthony. Le plus vite possible.

Lavoine secoua la tête d'un air compatissant. Il devait voir défiler dans son bureau un paquet de stressés, d'insomniaques, de dépressifs...

Il se mit à pianoter sur son clavier puis étudia un tableau sur son écran.

– Beaucoup de clients viennent nous trouver quand ils sont au bout du rouleau, regretta-t-il. Parfois trop tard.

Voyons ce que j'ai à vous proposer. En juillet, j'ai un stage de yoga du son, avec tambours chamaniques et chants traditionnels sur l'île de Porquerolles. Si vous êtes branché ésotérique, ça vous plaira. Les animaux sont les bienvenus. Il reste aussi des places pour un atelier fromage de chèvre en Ardèche, plus classique, mais totalement ressourçant. En faisant du fromage, on oublie tout. Sinon, j'ai des formules à l'étranger, mais cela dépend aussi de votre budget.

– Peu importe le tarif, l'important est que je parte immédiatement.

– Immédiatement ?

– Tout de suite.

Olivier Lavoine leva un sourcil, perplexe.

– Je comprends que vous éprouviez un besoin urgent de vous ressourcer, mais…

Anthony sortit une liasse de billets de son sac et la posa sur le bureau.

– Trouvez-moi quelque chose. Aujourd'hui.

– Écoutez, ce n'est pas si simple, balbutia l'autre. Je suis vraiment navré, tout est plein cette semaine. Nous sommes en pleines vacances…

Une seconde liasse atterrit sur la table.

– Vraiment, tout est complet.

– Cherchez bien, il doit forcément vous rester une petite place quelque part.

– Si j'avais une solution, pensez bien que je vous la proposerais. Tenez, pas plus tard que ce matin, j'ai été contacté par ma grand-mère pour une dame qui a une demande similaire à la vôtre. Une urgence, elle aussi. Je lui ai dit exactement comme à vous : « Je n'ai rien, à part un mobil-home. »

– Un mobil-home ?

– Nous disposons de quelques places dans des campings afin de favoriser un contact direct avec la nature.

– Et elle l'a pris, ce mobil-home ?

– Elle est âgée et légèrement handicapée, alors elle essaie de trouver quelqu'un pour y aller avec elle. Elle ne peut pas conduire.

– Et si c'était moi ?

– Je vous demande pardon ?

– Je pourrais partir avec elle.

– Vous voulez accompagner l'amie de ma grand-mère au camping ?

– Si ça arrange tout le monde ?

Décontenancé, le jogger se mit à jouer nerveusement avec son stylo, feignant d'ignorer les deux liasses de billets qui lui faisaient face. Il était en train de saisir qu'il pouvait tirer profit de cette affaire en envoyant deux clients dans un mobil-home bas de gamme tout en encaissant un généreux dessous de table.

– Après tout, pourquoi pas... dit-il. Je peux lui soumettre l'idée. La cohabitation intergénérationnelle se fait de plus en plus. C'est un beau concept ! Côté standing, c'est un peu rudimentaire et moins exotique que nos formules à l'étranger, mais c'est un camping très agréable.

Anthony s'efforçait d'évacuer les images qui défilaient dans sa tête : tentes battues par le vent, toilettes collectives à l'odeur de pissotière, douches glacées avec des cheveux collés sur le carrelage...

– L'absence de Wifi et de 4G garantit une déconnexion complète, argumentait l'autre.

– Il est situé où, ce camping ? le coupa Anthony.

Le maître de Gamelle se racla la gorge, puis il prononça un mot inintelligible qui se terminait par le son « on ».

– Pardon ? demanda Anthony en tendant l'oreille.

– Vierzon, articula Olivier Lavoine à peine plus distinctement.

Un instant, le ronronnement de l'ordinateur envahit le silence.

– Vierzon ? répéta Anthony, incrédule.

– Oui, Vierzon…

Il avait bien dit Vierzon. Qui part en vacances à Vierzon ? Anthony se souvint d'un garçon du foyer à qui on avait proposé un emploi d'avenir à La Souterraine, ce qui avait bien fait rire tout le monde. Mais il n'était pas en position de faire le difficile. Posant les doigts sur le dos de sa chienne, il s'efforça de voir le bon côté de la proposition. Un séjour à Vierzon en compagnie d'une vieille bique qu'on prendrait pour sa grand-mère était probablement la meilleure couverture imaginable pour échapper à la vigilance de Titov et des tueurs-uber. C'était peut-être même une opportunité, un lieu salutaire. VIERZON, la lumière au bout du tunnel !

10

Derrière le hublot, le ciel était d'une pureté éblouissante. Un bref instant, Alba se sentit aussi détendue que si elle partait en vacances.

Elle vida son gobelet de jus de tomate en feuilletant le magazine d'Air France. Sur le papier glacé, les réclames pour montres de luxe alternaient avec les publireportages sur des destinations touristiques, Lisbonne, les Baléares, New York… Elle irait bien au Portugal, tiens. Les voyages effectués pour les compétitions de biathlon lui manquaient. Au cours de sa carrière sportive, elle avait visité à peu près tous les grands massifs montagneux d'Europe. Si elle continuait dans sa nouvelle branche, il faudrait qu'elle tente de trouver des contrats à l'international. D'après Anthony, le Brésil était l'eldorado du sicaire.

L'avion avait entamé sa descente vers Ajaccio et les toits des maisons flanquées de jardins et de piscines se dessinèrent progressivement. Sur la route, des voitures miniatures se déplaçaient vers la côte telle une colonie de fourmis. L'appareil se posa bientôt sur la piste dans un grondement de moteurs.

Lunettes noires sur le nez, Alba suivit les autres passagers jusqu'au hall pour récupérer son bagage – grâce à sa licence de tir sportif, elle avait pu voyager avec son fusil sans aucun problème – puis elle se rendit à l'agence de location où elle avait réservé une Ducati, sa marque de deux-roues préférée. Peu après, elle mettait les gaz, direction l'hôtel Palazzo. Sur la côte, palmiers, paillotes, restaurants et glaciers étaient disposés en enfilade. Son tee-shirt lui collait à la peau et des insectes s'écrasaient contre la visière de son casque en émettant de petits bruits d'impact comme dans un jeu de fléchettes. À moto, elle retrouvait des sensations similaires au ski de piste. Elle emprunta une route tortueuse qui montait dans les hauteurs. Au pied des falaises découpées dans la roche, l'étendue turquoise se déployait à perte de vue, mouchetée de petites voiles blanches. Des camionnettes déglinguées et des voitures de sport filaient vitres baissées, musique plein pot dans les autoradios.

Un panneau ne tarda pas à annoncer l'hôtel cinq étoiles. La bâtisse en pierre blanche était entourée d'un jardin luxuriant. Alba roula jusqu'à atteindre un sentier grimpant dans la montagne. Là, elle coupa le moteur et cacha la moto derrière un talus. Son sac sur le dos, elle se fraya un chemin au milieu des fougères et des oliviers. Les insectes produisaient un bourdonnement assourdissant. Elle avait assez progressé pour disposer d'une vue dégagée sur l'hôtel. Son regard embrassa la piscine transparente, la pelouse arrosée par des jets d'eau automatiques, l'allée de palmiers et les balcons des chambres donnant sur la mer.

Elle sortit les pièces du fusil de la mallette et les assembla avant d'étudier les lieux avec ses jumelles. Un type en costume blanc venait de garer sa Porsche devant l'entrée de l'hôtel et un employé sortait les valises du coffre. Quelques clients fumaient sur le parvis. Où Samaké pouvait-il se terrer ? Ici, il devait se sentir protégé des menaces du clan Petzoldt. Avec cette chaleur, il finirait forcément par montrer son nez pour aller piquer une tête dans la piscine. Elle inspecta les corps bronzés étendus sur les transats, les hommes grisonnants discutant sous des parasols avec des minettes en âge d'être leurs filles. Pourvu qu'il ne se cloître pas dans sa chambre pour baiser avec sa pouf toute la journée, appelant le room service pour le champagne et les repas.

Une dizaine de minutes plus tard, un Noir en short de bain fit son apparition sur la terrasse, accompagné d'une blonde en bikini. Elle zooma. C'était lui ! Sans attendre, elle s'installa derrière son fusil. L'adrénaline lui fit l'effet d'une bouffée d'oxygène. Assis sur un transat, il tartinait de crème solaire les épaules de sa compagne. L'angle de tir n'était pas idéal et la fille trop proche. Il fallait guetter la seconde propice, celle où la trajectoire de la balle serait infaillible. Le cerveau d'Alba était entièrement branché sur sa cible. Le temps s'était arrêté, plus rien d'autre ne comptait.

Enfin, Samaké se redressa, donna une tape sur les fesses de la blonde puis, gonflant les pectoraux, s'achemina vers la piscine d'une démarche élastique. Il se positionna au bord du bassin, pieds joints, genoux fléchis. Au moment où ses orteils se détachaient des dalles, Alba pressa la détente. Le corps du tueur se raidit en vol et atterrit dans l'eau dans un énorme plat. Pendant une fraction de seconde, un calme intense s'abattit sur la piscine. Il flottait, inerte, une teinte rougeâtre se diffusant autour de lui. Puis un vent de panique agita le bassin et les baigneurs se ruèrent vers le bord comme si un requin avait fait irruption dans l'eau chlorée.

Alba rangea son fusil en vitesse et se hâta de redescendre le sentier pour récupérer sa moto. Une mouette planait dans le ciel, indifférente à toute cette agitation.

Elle démarra la Ducati et fila vers la baie. Grisée par la vitesse, elle se penchait dans les virages, le genou frôlant le bitume. À présent, plus personne ne pourrait savoir que c'était elle qui avait assassiné Petzoldt. Elle avait même un peu de temps devant elle pour se promener en ville.

11

L'affaire avait été rondement menée. Le petit-fils de Bernadette avait trouvé à Thérèse une solution clefs en main avec départ immédiat. Lucienne l'avait emmenée en voiture à l'agence Deconnect et, à présent, elles patientaient toutes les deux en étudiant des brochures vantant le concept de la digital detox. Sur les photos, des quarantenaires semblaient retrouver goût à la vie en pétrissant de la pâte à pain ou en accompagnant des brebis sur un sentier pédestre. Thérèse se demandait à quoi ressemblerait le jeune homme avec qui elle allait partager son séjour. Au départ, elle avait été réticente à l'idée de partir avec un inconnu. On ne sait jamais sur qui on tombe. Et si c'était un pervers, un maniaque, un amateur de catch, un prêcheur évangéliste ou un influenceur complètement égocentrique ? Mais ses amies avaient avancé des arguments imparables : elle pourrait compter sur son colocataire pour faire le chauffeur, porter les packs d'eau et appeler les secours si elle glissait dans la douche. D'après le petit-fils de Bernadette, le monsieur était tout à fait recommandable. Il vivait dans le XVIe arrondissement et avait deux charmants chiens bien dressés. Hadrien n'aurait jamais l'idée de venir la chercher dans un camping, encore moins à Vierzon, et la police cherchait une vieille sénile isolée, pas une mamie et son petit-fils. Sans compter que cette déconnexion l'aiderait à faire une pause salutaire et à ne plus penser aux dettes de l'agence et aux pressions de Larquet. Bref, elle s'était laissé convaincre.

– Comment s'appelle le type avec qui je pars en vacances ? demanda-t-elle à Lucienne.

Son amie haussa les épaules d'un air aussi concerné que si on lui demandait la recette du porc à l'ananas.

– Et le Premier ministre ? s'enquit Thérèse, nerveuse.

– Appelle-le Bob et arrête de t'inquiéter, rétorqua sa copine.

C'est alors qu'un homme d'une trentaine d'années dans un polo Lacoste s'avança vers elles à grandes enjambées.

– Je suis Olivier. Vous devez être les amies de ma grand-mère ? s'enquit-il.

Les deux femmes hochèrent la tête.

– C'est Thérèse qui a réservé le séjour, dit Lucienne en désignant sa voisine.

– Très bien. Suivez-moi. Votre compagnon de vacances vous attend dans mon bureau. Tout est prêt pour votre départ.

Thérèse et Lucienne lui emboîtèrent le pas. Dans la pièce, un grand brun d'une vingtaine d'années sapé comme un membre du Rotary club était installé dans un fauteuil, entouré de deux gros chiens. Ses cheveux coiffés en arrière avaient l'allure d'un rouleau de réglisse et ses joues étaient rasées de près. Sa chemise blanche laissait deviner un torse athlétique et le cuir de ses bottes brillait aussi fort que si on venait de le frotter au cirage. Quant aux chiens, c'étaient des mastards. L'un avait les poils bruns, de longues oreilles et la truffe humide, l'autre, plus trapu, un pelage caramel, les babines pendantes et le museau écrasé.

– Anthony, je vous présente Thérèse, qui partagera votre séjour, dit le petit-fils de Bernadette.

L'un des chiens s'était approché pour flairer sa main handicapée. Un instant, tous les regards se fixèrent sur l'animal avec la même appréhension que s'il allait émettre un verdict définitif. Quand il lécha les doigts de la vieille dame avec gourmandise, le maître se dérida aussitôt.

– Enchanté. Je suis heureux de partir avec vous.

– Moi aussi, dit Thérèse.

– Parfait ! se réjouit Lavoine. Quel beau duo ! La voiture est garée juste en bas.

Il attrapa la valise de Thérèse et, tous ensemble, ils traversèrent les locaux de l'agence et se serrèrent dans l'ascenseur, silencieux face aux portes battantes.

Une fois dans la rue, Olivier Lavoine déverrouilla les portières d'une Fiat au toit ouvrant et remit les clefs à Anthony avec un itinéraire.

– Sur place, un seul mot d'ordre : déconnexion ! recommanda-t-il. Profitez de la nature, de la pêche, du minigolf et des attractions de l'été.

– Donne-moi de tes nouvelles, lança Lucienne à son amie à travers la vitre.

Thérèse avait à peine eu le temps de se rendre compte qu'ils partaient que, déjà, la Fiat s'insérait dans la circulation. Ils traversèrent la place de la Bastille puis longèrent l'avenue Daumesnil en direction du palais colonial de la porte Dorée. Après les bassins en cascade du terre-plein central, ils s'engouffrèrent sur la bretelle polluée du périphérique. C'était l'heure de pointe et les voitures avançaient pare-chocs contre pare-chocs. Lasse, elle observait avec indifférence le paysage défiler au ralenti. Ils auraient tout aussi bien pu s'encastrer dans un camion, ça ne lui aurait fait ni chaud ni froid. Si elle s'était mariée, les choses auraient été différentes. Elle aurait vécu avec un vieux chauve qui l'aurait emmenée sur la Côte d'Azur en convalescence et lui aurait offert des Spritz sur des terrasses ombragées. À la place, elle se retrouvait en route pour Vierzon accompagnée d'un môme aussi loquace qu'un CRS face à un cortège de manifestants. Avec sa chemise blanche, il n'avait pas du tout l'allure d'un vacancier. Quel âge pouvait-il avoir ? Dans les vingt-cinq, au doigt mouillé. À cet âge, normalement, on drague, on fume de l'herbe, on fait de la planche à voile, n'importe quoi, sauf s'enterrer à VIERZON avec une septuagénaire ! Qu'est-ce qui clochait chez lui ?

– Vous êtes déjà allé à Vierzon ? demanda-t-elle pour briser la glace.

– J'y ai changé de train, articula le jeune homme sans détacher les yeux de la route. Cette ville est un nœud ferroviaire sans intérêt.

– Il y a la chanson de Brel… hasarda Thérèse.

– En ce qui me concerne, je ne compte pas quitter le camping. Je sortirai seulement promener les chiens.

Elle allait passer ses vacances avec un môme neurasthénique, sans aucune curiosité pour le monde. C'était bien sa veine…

– À mon avis, ces histoires de déconnexion, c'est du bidon, lâcha-t-elle.

– Qu'est-ce que vous faites là, alors ? demanda Anthony, étonné.

– Et vous ?

À nouveau, le ronronnement du moteur emplit l'habitacle. Le triste continuum de la banlieue avait laissé place à une campagne plate, sans charme, juxtaposition de zones pavillonnaires, de champs de colza, de betteraves, de maïs et de blé. Quelques éoliennes tournaient au ralenti, perdues au milieu des cultures intensives. Une sirène de police retentit derrière eux et, d'un même mouvement, ils jetèrent un regard anxieux à la voiture banalisée qui les doubla à toute blinde.

– Vous faites quoi dans la vie ? demanda Thérèse.

Le jeune homme passa une vitesse avant de répondre.

– Agent, dit-il.

– Agent ?

– Agent d'artistes.

Elle s'attendait à ce qu'il développe mais il était de nouveau absorbé par la conduite.

– Et ça consiste en quoi, concrètement ? insista-t-elle.

– Je recherche des talents prometteurs, je les conseille et j'essaie de leur décrocher des castings et des contrats. Je les accompagne dans leur carrière, en résumé.

Elle aurait dû s'en douter : il n'y avait que les gens du showbiz pour partir au camping à VIERZON tirés à quatre épingles.

– Vous connaissez des stars, alors ? demanda-t-elle.

– Quelques-unes. Et vous, vous faites quoi ?

– Je dirige une agence matrimoniale, mais j'envisage de vendre. Je me fais vieille et le secteur n'a plus le vent en poupe. Aujourd'hui, les gens utilisent les réseaux sociaux pour trouver un rancard.

– Ces réseaux sociaux sont une calamité, lâcha le conducteur avec une véhémence soudaine. Dans mon domaine, c'est pareil. Certains talents s'imaginent qu'ils peuvent obtenir un casting en diffusant une vidéo sur TikTok...

Il secoua la tête d'un air navré.

– Rien ne pourra jamais remplacer le savoir-faire d'un vrai professionnel, approuva Thérèse.

– Je suis bien d'accord avec vous. Musique ?

Il appuya sur un bouton et un morceau de bossa-nova s'échappa de l'autoradio. Thérèse ferma les yeux et, bercée par les vibrations du moteur, ne tarda pas à s'assoupir.

Quand elle se réveilla, ils avaient quitté l'autoroute. Anthony avait baissé les vitres et un vent brûlant s'engouffrait dans la voiture. Un panneau mettait en garde contre la traversée inopinée de biches, de cerfs et de sangliers, laissant imaginer toute une faune dans la forêt alentour. Peu après, la voiture longea le couloir verdâtre du canal du Berry, puis ils passèrent devant une usine de chaudronnerie et un garage automobile. Enfin, un panneau planté sur le bord de la route indiqua: «Camping de l'étang, 2 KM».

DEUXIÈME PARTIE

CAMPING ☆

« Une vie ne vaut rien, mais rien ne vaut une vie. »

André Malraux[1]

1. André Malraux, *Les Conquérants*, Paris, Grasset, 1928.

12

Assise en tailleur dans son salon, Alba répétait les exercices que lui avait appris le préparateur physique de l'équipe de France. Une longue inspiration en gonflant le ventre jusqu'à ce que le diaphragme se soulève, puis les côtes, les clavicules, et expiration en sens inverse, Pffffffffffff... Tout allait bien se passer, se répétait-elle comme un mantra, tout allait bien se passer. Elle avait juste rendez-vous dans une heure avec un agent de tueurs sanguinaire.

La veille, quand Titov l'avait accostée dans la rue, elle avait été tétanisée. Un instant, elle s'était imaginé qu'il la savait responsable du massacre de la place Dauphine. Mais c'était impossible, comment aurait-il pu ? Elle devenait parano. Il avait dit qu'il savait qu'elle travaillait avec Anthony Barreau et qu'il voulait lui faire une proposition de travail intéressante. Cela devait être un jeu entre eux de chercher à débaucher les talents de leurs concurrents. Il avait suggéré une rencontre dans un endroit tranquille. Après tout, pourquoi ne pas accepter une mission d'un autre agent puisqu'elle n'avait pas de nouvelles d'Anthony ? Elle avait besoin d'argent et puis, elle aurait été prête à tout pour ressentir à nouveau le shoot d'adrénaline qui l'avait envahie lors de son premier tir sur cible humaine, encore plus intense qu'en championnat. Pour éviter qu'il ne l'attire dans un piège, elle n'avait rien trouvé de mieux que lui proposer la balade en bateau-mouche. Au milieu des touristes étrangers, ils pourraient parler tranquilles et elle avait envie de faire cette croisière depuis son arrivée à Paris. Contrairement à Anthony, il avait tout de suite accepté.

Son Beretta dans son sac à main, elle prit le métro jusqu'à la station Bir-Hakeim puis marcha jusqu'au Port de la Conférence. Une file de touristes patientait sur l'embarcadère. Une fois à bord, elle s'installa sur le pont supérieur du bateau qui offrait une vue dégagée sur les berges de la Seine. Est-ce que Titov viendrait, comme convenu ? Le pont grouillait d'une foule cosmopolite qui prenait des photos souvenir. Bientôt, une sirène retentit et le bateau largua les amarres. Les passagers chaussèrent des écouteurs pour écouter les commentaires du guide dans leur langue. Alba les imita et sélectionna le canal en français.

Au cours de cette croisière, nous passerons devant les monuments les plus majestueux de la capitale. Sur votre droite, vous pouvez admirer le palais Bourbon qui abrite depuis 1879 l'Assemblée nationale française…

Paris regorgeait de merveilles. C'est le moment que choisit Titov pour s'asseoir à côté d'elle. Son crâne était rasé et une vilaine cicatrice lui barrait l'œil droit. Des tatouages bleutés ornaient son cou de taureau. Pas très rassurée, Alba coupa le volume de son casque.

– Quelle ville magnifique, n'est-ce pas ? commenta-t-il d'un air inspiré. Tout y regorge d'histoire. Si vous aimez les armes, je vous recommande le musée des Invalides.

Avec son accent russe, il évoquait les méchants dans les films de James Bond. À côté d'eux, une Japonaise enthousiaste désignait du doigt le musée d'Orsay à son compagnon. Personne ne prêtait attention à leur discussion qui se noyait dans le bruit du moteur et dans les clapotis de l'eau sur la coque.

– Vous avez parlé d'un travail pour moi, dit-elle à mi-voix.

– Oui. Vous êtes sans doute au courant de la fusillade place Dauphine ?

Le sang d'Alba cessa de circuler dans ses veines.

– Les médias ne parlent que de ça, articula-t-elle le plus calmement possible.

Le Biélorusse alluma une cigarette et expira deux puissants jets de fumée par les narines.

– Anthony Barreau était l'agent, lâcha-t-il.

– Anthony… souffla Alba, estomaquée.

Elle n'en revenait pas. C'était cocasse qu'en fin de compte, le service lui soit revenu à elle, alors qu'il ne voulait surtout pas l'envoyer sur le terrain prématurément. Titov continuait de parler en faisant semblant de s'intéresser aux monuments.

– Comme vous l'imaginez, le frère d'Archibald Petzoldt veut sa peau et celle du tueur qu'il a embauché, dit-il sans remarquer son trouble. Il veut aussi savoir pour le compte de qui il a agi. On suspecte Sadi Naciri, mais il faut s'en assurer. Vous êtes la mieux placée pour retrouver Barreau, vous le connaissez bien.

– Pas si bien que ça, assura Alba.

– Vous avez raison, personne ne connaît ce salopard. Mais vous êtes sa dernière recrue, vous pourrez l'approcher sans qu'il se méfie. Et c'est lui qui vous a dénichée, il avait l'air très fier de sa pépite. Cela crée une relation particulière.

Alba avala sa salive. Son entraîneur de biathlon disait exactement la même chose à son sujet. Ils parlaient tous d'elle comme des chasseurs d'or ayant mis la main sur un bon filon.

– Bref, j'ai pensé que l'affaire pourrait vous intéresser. Et puis, j'ai vu votre prestation aux championnats d'Oslo. J'ai été très impressionné. Je suis sûr que vous feriez un travail impeccable. Si vous bossiez pour moi, je vous offrirais bien plus que Barreau.

– Vous voulez que je tue Anthony ? balbutia-t-elle, alors qu'une goutte de sueur se frayait un chemin entre ses omoplates.

– Après l'avoir fait parler.

Une légère brise s'était levée. Le bateau longeait le Palais du Louvre et tous les touristes se pressèrent contre les rambardes, mitraillant le monument avec leurs iPhones.

– Combien vous voulez ? demanda Titov. Monsieur Petzoldt est prêt à y mettre le prix.

Indécise, Alba s'efforçait de peser le pour et le contre. Si elle refusait, Titov embaucherait quelqu'un d'autre pour faire le boulot et elle ne gagnerait pas un centime. Pire, le tueur mènerait l'enquête et, même si elle avait éliminé Samaké, qui sait s'il ne parviendrait pas à remonter jusqu'à elle. Si elle acceptait, elle pourrait acheter un petit chalet en montagne. Anthony ne lui avait-il pas lui-même appris que, dans ce monde, il n'y avait pas de scrupules à avoir ?

– Cent mille euros, tenta-t-elle.

– D'accord, accepta Titov sans même négocier. Cinquante mille tout de suite et le reste une fois le travail terminé. Qu'est-ce que vous en dites ?

– Ça me va.

Elle n'en revenait pas que ça ait été si facile. Une aussi grosse somme ! Et si elle avait demandé plus ? Dire que

Samaké lui avait proposé moitié moins pour le secrétaire d'État.

Le Biélorusse sortit une enveloppe remplie de billets de la poche intérieure de son blouson et la lui remit discrètement.

– Voici l'acompte. Ah, et Petzoldt aimerait une faveur, un petit plus.

– « Un petit plus » ?

– L'oreille de cet agent de mes couilles.

Alba le regarda, pas certaine de bien comprendre.

– Vous voulez que je coupe l'oreille d'Anthony? s'étouffa-t-elle.

Il hocha la tête.

– L'oreille, c'est l'intermédiaire entre le cerveau et la main du crime. C'est un maillon décisif de la chaîne.

Elle resta un moment figée, incapable de rien articuler. Trancher de la chair humaine, c'était autre chose que tuer à distance. Elle s'imagina agenouillée auprès du cadavre d'Anthony, dégageant les cheveux comme un coiffeur avant une coupe, puis sectionnant à la machette. À cette idée, elle ressentit un haut-le-cœur.

– Vingt mille en plus, renchérit Titov. C'est une affaire.

On se serait cru à une vente aux enchères. Rien qu'avec l'oreille, elle aurait presque assez d'argent pour s'acheter un 4×4 compact pour les routes de montagne.

– OK, lâcha-t-elle.

Satisfait, le Biélorusse lui donna une carte sur laquelle était inscrit un numéro de téléphone.

– Tenez-moi au courant.

Puis il se leva et se mêla aux touristes qui s'extasiaient devant la cathédrale Notre Dame encore en travaux. Soupirant, Alba se promit de viser le cœur pour qu'Anthony soit présentable à l'enterrement.

13

La radio diffusait ce vieux tube de Queen, *We are the champions.* Les lames fatiguées des stores pendaient aux fenêtres et un ventilateur aux allures d'hélice d'avion tournait au plafond. Anthony s'avança dans le baraquement, la vieille et les chiens sur ses talons. Des produits de première nécessité étaient en vente sur un comptoir : bière, papier toilette, pâtes, liquide vaisselle et charbon de bois. Un caniche se précipita à la rencontre de Papa et Maman et aboya frénétiquement.

– Igloo ! Tranquille ! ordonna sèchement une femme installée derrière un bureau.

Elle posa un œil suspicieux sur Anthony et sa chemise blanche.

– Nous avons loué un mobil-home à l'agence Deconnect, annonça-t-il.

Elle se mit à pianoter sur un ordinateur aussi volumineux qu'un four micro-ondes.

– Quinze jours réglés d'avance, confirma-t-elle. Venez, je vous accompagne.

Près de l'entrée, Thérèse détaillait des cartes postales punaisées au mur. Les photos donnaient un aperçu des loisirs qu'offrait la région : baignade, pêche, randonnée, cyclisme, dégustation de vins, visite des châteaux de la Loire… Mais Anthony n'était pas là pour faire du tourisme.

Dehors, une odeur d'aiguilles de pin flottait dans l'atmosphère. Sur la terrasse d'une buvette, quelques campeurs profitaient du soleil autour de tables en plastique et des enfants mangeaient des Mister Freeze, exhibant joyeusement leurs langues colorées.

– La buvette est ouverte durant toute la période estivale, commenta la femme en les conduisant à leur mobil-home. Pour les courses, le centre-ville de Vierzon est à dix minutes et il y a une grande surface à trois kilomètres. Le barbecue est à votre disposition, comme le minigolf. Il suffit de demander les clubs à l'accueil. De ce côté-ci, c'est le terrain destiné aux tentes. Les mobil-homes sont juste derrière, à proximité du fleuve.

Anthony tirait la valise à roulettes de Thérèse sur le sentier criblé de nids-de-poule. Des mauvaises herbes poussaient dans les interstices du ciment craquelé. Après les camping-cars et les caravanes, ils atteignirent de petites maisons montées sur roues disposées sur des parcelles géométriques. Des vêtements et des maillots de bain séchaient sur les cordes à linge et des cannes à pêches étaient entreposées contre les gouttières. Instantanément, les lieux évoquèrent à Anthony le village d'enfants dans lequel il avait été placé gamin. Les chalets tous identiques, le jardin boueux parsemé de ballons crevés et les vélos abandonnés sur une pelouse épuisée. Un jour, un garçon avait lapidé un hérisson dans l'indifférence générale. Les éducateurs, en sous-effectif, se succédaient aussi vite que les employés d'une chaîne de restauration rapide. Tout le monde se fichait de ce qui se passait derrière ces palissades.

– C'est ici, dit la femme, en désignant une maison peinte en blanc.

Elle déverrouilla la porte et ouvrit les stores du salon-cuisine-salle-à-manger pour laisser pénétrer la lumière. La pièce était juste assez grande pour accueillir une table en formica, deux chaises, un canapé-lit, une armoire avec une porte miroir, un mini-frigo et une télévision. L'habitation comprenait aussi une salle de bains et une chambre équipée d'un lit deux places. Les chiens flairaient les lieux comme si des explosifs pouvaient se trouver dissimulés dans un placard.

– C'est petit, mais il y a tout ce qu'il faut, commenta la femme. Par contre, comme indiqué, y a ni Wifi ni 3G. Et le téléphone passe à peine. Inutile de vous balader avec votre iPhone à la recherche du filon d'or.

– On n'en aura pas besoin, assura Anthony. C'est exactement ce qu'il nous faut.

– Très bien. Je vous laisse vous installer avec votre mamie. N'hésitez pas si vous avez besoin de quoi que ce soit.

Quand elle fut partie, Anthony porta la valise de la vieille dame dans la chambre. Ce n'était pas le grand luxe, mais ça ferait l'affaire pour quelques jours.

– Je dormirai sur le canapé, dit-il en laissant Thérèse.

Une fois seul dans le salon, il se mit en quête d'une cachette pour son fusil et ses revolvers. Tout était sous-dimensionné, il n'y avait aucun rangement superflu. Faute de mieux, il les dissimula sous le matelas du canapé-lit.

Épuisé, il retira ses chaussures et consulta ses téléphones. Il en avait toujours plusieurs sur lui de façon que tueurs et commanditaires ne soient pas contactés par le même numéro. Roberto, son lanceur de couteaux, lui avait envoyé un emoji : pouce dressé, confirmation de l'élimination de la cible. Il prit un autre portable et écrivit un message au commanditaire pour le prévenir du succès de l'opération.

Ensuite, il composa le numéro de Steve, un ancien détective privé qui faisait partie de ses talents. Il comptait sur lui pour trouver cette ordure de Ghost Dog et régler au plus vite l'affaire avec Petzoldt. Le sicaire était en train de conduire, une chanson de Whitney Houston à plein volume. Les tueurs sont friands de musique sentimentale. Anthony se demandait si en allant au travail, les auxiliaires de vie et les sage-femmes écoutaient du death metal.

– Salut. On peut parler ? demanda-t-il.

La communication était mauvaise.

– Oui, dit Steve. Je viens de déposer mes gosses chez leur mère. Je ne t'entends pas bien. Tu es où ?

– Je passe dans un tunnel. Écoute, j'ai besoin que tu trouves Ghost Dog. Tu vois qui c'est, non ?

– On s'est croisés.

– Il habite Bondy mais ça m'étonnerait qu'il soit chez lui. Envoie-moi un texto à ce numéro quand tu l'auras repéré. C'est lui qui était en charge du contrat sur le secrétaire d'État dont on parle partout. Je veux savoir ce qui s'est passé.

– OK. Je m'en occupe.

Quand il eut raccroché, Anthony posa la nuque sur le dossier du canapé et ferma les yeux. Il ne restait plus qu'à attendre que Steve éclaircisse la situation. Si tout se passait bien, dans quelques jours, il serait fixé. Il songea à l'agitation qui devait régner dans les rangs du clan Petzoldt. Il y aurait un enterrement en grande pompe avec la famille, les collègues. Celui qui livrerait la main de la pourriture qui avait abattu le boss et la tête de celui qui avait ordonné le coup serait bien placé pour obtenir une promotion. Tout le monde devait être à ses trousses. Mais bien malin celui qui aurait l'idée de le chercher dans ce mobil-home à Vierzon.

Nom : Roberto C.
État civil : né le 20 janvier 1970 à Caracas (Venezuela).
Situation familiale : veuf.
Talent : ancien circassien lanceur de couteaux.
Nombre de contrats : 24.

Nom : Steve M.
État civil : né le 27 mars 1981 à Toulouse.
Situation familiale : divorcé. Deux enfants.
Talent : ancien détective privé. Spécialisé dans le « brûlage d'archives ».
Nombre de contrats : 12.

14

Derrière la vitre, un soleil rasant diffusait une lueur orangée. Allongée sur le lit, Thérèse se demandait comment elle allait occuper la soirée avec ce gamin. Fallait-il lui proposer un restaurant ou une barquette de frites à la buvette ? Ils n'allaient tout de même pas regarder un Columbo à la télévision assis côte à côte sur le canapé, un plaid sur les genoux. C'est étrange de se retrouver à partager une maison avec quelqu'un dont on ignore absolument tout. Thérèse songea aux horribles faits divers qu'on lisait dans les journaux : des histoires de vieilles dames sauvagement assassinées, parfois même abusées sexuellement. Et si c'était un détraqué ? En dehors de ses partenaires de belote, personne ne savait qu'elle se trouvait ici. Son cadavre pourrait moisir longtemps dans des bois humides avant que quelqu'un ne signale sa disparition.

Sans faire de bruit, elle se leva et colla l'oreille à la porte de la chambre. Pas un son. Le gosse était peut-être sorti promener ses deux mastards. Des animaux de cette taille, ça devait avoir besoin de courir, ce n'était pas des chiens d'appartement comme le teckel de Bernadette. Retenant sa respiration, elle entrouvrit la porte de quelques centimètres et aperçut Anthony étendu sur le canapé-lit, ses deux chiens roulés en boule à côté de lui. Il dormait comme un bébé. Elle allait refermer délicatement quand la sonnette la fit sursauter. Les chiens se mirent à aboyer aussitôt. Arraché à son sommeil, Anthony bondit à la fenêtre pour tenter d'apercevoir le visiteur.

– Allez ouvrir, chuchota-t-il à Thérèse.

Décontenancée, elle traversa la pièce d'un pas mal assuré. Elle ouvrit la porte sur un barbu d'une soixantaine d'années en pantalon de treillis et maillot de foot, le visage tanné par le soleil. Ses cheveux formaient de petites touffes sur son crâne et de longues lignes irrégulières donnaient à son front des allures d'électrocardiogramme.

– Bonjour, j'habite un mobil-home un peu plus loin. On fait un barbecue à la bonne franquette avec quelques voisins. Je voulais vous proposer de vous joindre à nous.

Thérèse s'était imaginé qu'il allait lui réclamer un tire-bouchon ou un couteau à huîtres.

– C'est très aimable, répondit-elle.

Elle se tourna vers Anthony, appuyé au chambranle de la porte de la salle de bains, une main derrière le dos.

– Qu'est-ce que tu en dis ?

– Je ne sais pas… On n'avait pas prévu de sortir ?

L'invitation n'avait pas l'air de l'enthousiasmer outre mesure.

– Venez, insista le voisin. Au moins pour le verre de l'amitié. On pourra vous conseiller des sorties à faire dans le coin. On est tous de la région.

Après tout, ça leur ferait une occupation pour la soirée. Et puis elle avait envie de voir du monde.

– Eh bien, c'est d'accord, décida-t-elle.

– Parfait ! Je m'appelle Bernard. Nous sommes là-bas.

Il désignait un mobil-home au bout de l'allée.

– On arrive dans un quart d'heure, promit-elle.

Alors qu'il s'éloignait dans le jardin, elle referma la porte, surprise elle-même d'avoir accepté.

– Pourquoi vous avez dit oui ? éructa aussitôt Anthony.
– Et pourquoi pas ?
– On ne le connaît pas.
– Parce que toi je te connais, peut-être ?
Il haussa les épaules, piqué.
– Ça nous fera du bien de sortir, et puis j'adore les barbecues, argumenta-t-elle. Rien ne t'oblige à venir avec moi. Reste ici, si tu préfères.

Renfrogné, le gosse s'était mis à brosser ses chiens qui affichaient des gueules extatiques.

15

Les campeurs s'apprêtaient à dîner sous les étoiles après avoir déplié des tables et des chaises un peu partout. Des colonnes de fumée blanche s'élevaient des barbecues, diffusant une odeur de graisse brûlée. Les murmures des conversations se perdaient dans la pénombre. Anthony avait envie d'aller à cette soirée comme de se rendre à un meeting de la Fédération nationale des chasseurs. Il avait toujours détesté les mondanités, surtout avec des inconnus, mais mieux valait se faire bien voir de la vieille et éviter d'être considéré comme un asocial dès le premier soir.

Thérèse trottinait sur le gazon, une bouteille de porto achetée à la loge dans les mains. Papa et Maman papillonnaient entre les tentes, reniflant là un arbre, là une chaise pliante, ici une glacière à l'odeur alléchante.

– Maman, aux pieds ! lançait-il quand le chien s'approchait trop près d'un vacancier.

L'animal n'avait pas son pareil pour flairer les boulettes de shit et les sachets de cocaïne. Quand Anthony recrutait un tueur, il l'emmenait avec lui pour s'assurer que le candidat était clean. Si la chienne commençait à grogner, il mettait immédiatement un terme à l'entretien. Hors de question de confier un contrat à un drogué prêt à tuer sa mère pour une dose.

– C'est là, dit Thérèse en désignant un petit groupe qui prenait l'apéritif sous un pommier.

Le mobil-home du voisin était parfaitement semblable au leur. Si ce n'est que des nains de jardin montaient la garde sur la pelouse et qu'un potager bien ordonné accueillait tomates, courgettes, salades et aromates.

– Voici nos nouveaux voisins ! s'exclama joyeusement Bernard.

Anthony et Thérèse s'approchèrent de la tablée.

– Je vous présente ma mère, dit leur hôte en désignant une vieille femme qui somnolait dans un fauteuil roulant. Voici Stella et son fils Kevin, et Lou et Aline.

Une trentenaire à l'œil violacé serrait dans ses bras un enfant de quatre ou cinq ans assis sur ses genoux et, en bout de table, un type aux allures de conducteur de poids lourd amputé de l'avant-bras collait une femme aux cheveux auburn. Tous scrutaient Anthony et son look d'avocat d'affaire d'un œil torve.

Thérèse remit la bouteille de porto à Bernard.

– Installez-vous, dit l'homme en remplissant des gobelets.

Quand tout le monde fut servi, les verres se levèrent de concert à la santé des nouveaux arrivants. À côté du potager, un vieux camping-car arborait un panneau « À Vendre » derrière le pare-brise. Alors que les autres vantaient les plaisirs de la vie au grand air, Anthony se fit la remarque qu'un tel engin pourrait avoir une utilité pour ses tueurs en tournée. Plus d'hôtels à réserver, ni de train, ni de voiture, cela simplifierait drôlement les choses. La caravane des sicaires pourrait se rendre dans les localités isolées qui ne bénéficiaient pas des services d'un professionnel, un peu comme une bibliothèque itinérante.

– Il est beau, mon Airstream, pas vrai ? observa Bernard, l'arrachant à ces considérations matérialistes. Si ça vous intéresse, n'hésitez pas. Je le vends à bon prix.

Tout en découpant le saucisson, il leur raconta que les présidents américains avaient plébiscité l'Airstream pour leurs tournées et que même la NASA l'utilisait pour conduire les astronautes aux navettes spatiales.

– Si vous cherchez un moyen de faire voir du pays à votre mamie, c'est l'idéal, conclut-il.

– Je vais y réfléchir, promit Anthony.

Il s'aperçut alors que la vieille en fauteuil installée à côté de lui le fixait de ses yeux de taupe. Il lui adressa un sourire poli.

– Qu'est-ce qui vaut mieux à votre avis, monsieur, mourir étouffé ou électrocuté ? lui demanda-t-elle avec aplomb.

Anthony faillit recracher son porto, persuadé l'espace d'un instant que tout le monde autour de la table était au courant de sa profession. Il pensa à son revolver dissimulé sous sa chemise, mais Bernard agita la main d'un air blasé.

– Arrête avec ça, maman ! Tu ne vas pas embêter nos invités avec tes histoires. Excusez-la, elle a des obsessions morbides. Faut pas faire attention.

Anthony se détendit un peu. Il devenait parano. Il savait pourtant que les vieux et les dépressifs étaient les seuls à s'intéresser aux aspects pratiques de son métier.

– Ce sont des préoccupations légitimes, dit-il à la vieille dame. Pour ma part, je choisirais l'électrocution, pour sa simplicité et sa rapidité.

– Et l'intoxication au monoxyde de carbone ? lança-t-elle, ravie que quelqu'un lui réponde enfin de façon précise.

– C’est long et fastidieux, déplora-t-il.

– L’important, c’est de ne pas se rater, ricana le manchot. En se tirant une balle, on a toutes les chances de finir tétraplégique.

– C’est pour cela qu’il vaut mieux faire appel à un professionnel, plaisanta Anthony.

Tout le monde rit de bon cœur à sa bonne blague et Bernard en profita pour servir une tournée générale.

Observant les convives, Anthony ne put s’empêcher de se dire que leurs vies valaient moins cher qu’une voiture d’occasion. Ça sautait aux yeux, à leurs vêtements, leur façon de parler, leurs dents mal alignées, et au simple fait qu’ils passaient leurs vacances dans un camping à Vierzon. Des vies méprisées et bradées par la société. Comme sa mère autrefois, qu’on laissait poireauter des heures derrière un guichet administratif et qu’on regardait sans aucune considération.

Les verres se vidaient rapidement. La discussion s’était orientée vers les attractions que proposait le camping: karaoké, minigolf, fléchettes, pétanque, concours de pêche… On ne s’ennuyait pas. Le dimanche, une voisine préparait une paella géante et un tournoi de belote était organisé le mardi soir.

Sur le barbecue, le charbon de bois rougeoyait. Bernard s’apprêtait à disposer des saucisses sur la grille quand un concert de klaxons s’éleva en provenance du parking. Des pneus crissèrent et des portières claquèrent dans la nuit. Trois silhouettes apparurent bientôt sur le sentier, s’interpellant bruyamment. La petite bande s’orienta vers les caravanes installées de l’autre côté de l’allée.

– Merde, c’est Niko, pâlit la mère du petit garçon. Ils viennent chez moi.

Déjà, des poings tambourinaient contre une porte. « Ouvre, Stella ! Sors de là ! » Les convives se raidirent sur leurs chaises en plastique.

– Kevin, va vite à l'intérieur, ordonna la mère à son fils.

Sans poser de question, le môme fila dans le mobil-home de Bernard. Une tension palpable s'était abattue sur la tablée. Alertés par le vacarme, quelques voisins étaient sortis de chez eux.

– C'est qui ? demanda Anthony.

– Mon ex, répondit Stella. Quand il a trop bu, il vient foutre la merde avec ses potes. Il ne supporte pas que je l'aie quitté pour venir m'installer ici avec le petit.

Anthony considéra l'œil au beurre noir de la femme. Sa mère avait exactement le même genre d'ecchymose. Il se félicitait chaque jour d'avoir enterré son beau-père dans le terrain vague.

« Ouvre cette putain de porte sinon je fais tout cramer ! » vociférait l'homme dans l'obscurité.

Cramoisie, Stella se leva et se dirigea vers sa caravane. Il y eut aussitôt des éclats de voix. « Tu vas pas vivre dans ce trou à rats, éructait l'homme d'une voix alcoolisée. Je te préviens, je vais appeler les services sociaux et ils vont venir chercher Kevin. »

Les doigts d'Anthony se crispèrent autour des accoudoirs de sa chaise. Il ne supportait pas qu'on touche aux enfants, c'était la ligne rouge à ne pas franchir. Il avait déjà battu à mort un fumier qui maltraitait un gosse. Une colère irrépressible montait en lui. Papa et Maman s'étaient mis à grogner, babines retroussées.

– Barre-toi, Niko, lança Bernard par-dessus la clôture.

– Toi, le clochard, ferme ta gueule ! hurla l'homme au loin. Elle va me suivre sinon je mets le feu à vos foutues cabanes.

– Il en est capable, ce con, souffla le manchot.

« Va chercher Kevin, sinon je fais tout cramer ! » s'égosillait l'homme.

À cet instant, Anthony aperçut la main de l'enfant soulevant un coin de rideau derrière la fenêtre et il crut entendre les prières qu'il formulait dans sa tête. *Faites qu'il s'en aille, faites qu'il laisse maman tranquille.* La litanie que lui-même récitait quand il était petit, caché dans le placard. Brusquement, il jaillit de sa chaise et marcha tout droit vers la caravane. L'un des types voulut lui barrer le chemin mais il lui envoya son poing dans la gueule, puis flanqua un coup de pied dans les côtes de son copain. Aussitôt, le chevelu se rua sur lui. Anthony le repoussa si violemment que son corps percuta la paroi en tôle de la caravane. Puis il se jeta sur lui et lui décocha une succession de coups de poing. Le sang giclait sur sa chemise mais il continuait de frapper, incapable de s'arrêter malgré les protestations de Stella. Ce minable payait pour tout le monde : Ghost Dog, les Petzoldt, les bureaucrates qui n'avaient pas aidé sa mère, l'assistante sociale qui l'emmerdait avec son CAP... Ivre de rage, il sortit son flingue et l'appliqua sur la tempe du blondinet.

– Écoute-moi bien, espèce de p'tit con. Ton môme pleure chez le voisin. Cette vision de toi en train de terroriser sa mère va le hanter longtemps. Alors tu vas foutre le camp avec tes potes. Je ne veux plus jamais te revoir ici. Si t'appelles les flics ou les services sociaux, tu ne te reconnaîtras plus dans la glace. C'est compris ?

Les yeux ronds comme des soucoupes, l'homme hocha la tête, émettant des sons inintelligibles.

– C'est compris ? hurla Anthony, augmentant la pression du canon.

– Je vous en prie, pleurnicha l'autre.

Anthony s'écarta pour le laisser se relever. Sans demander son reste, l'homme s'éloigna en titubant, suivi de ses copains.

Un silence pesant s'était abattu sur le camping. Seul subsistait le murmure sourd du fleuve, imperturbable et régulier. Un ciel noir rempli d'étoiles faisait miroiter la tôle des habitations qui brillaient comme la neige en hiver. Sonné, Anthony revint vers la terrasse, les yeux incrédules des convives posés sur lui. Les saucisses continuaient de crépiter sur la grille. Stella s'était précipitée dans le mobil-home pour retrouver son fils.

– Bien fait pour sa tronche ! s'exclama la mère de Bernard, tapant du poing sur la toile cirée.

– Ouais, t'as eu raison, mon pote, siffla le manchot en roulant une cigarette avec une habileté étonnante. Ça fait longtemps qu'on aurait dû le remettre à sa place, celui-là.

Impassible, Anthony tamponna une tache de sang sur sa chemise avec une serviette en papier. À côté de lui, la main de Thérèse était crispée autour de sa fourchette. Croisant son regard inquiet, il se promit d'aller acheter des viennoiseries le lendemain pour le petit déjeuner.

16

Quand Thérèse se réveilla, la lueur du jour se faufilait entre les fentes des stores. Elle se redressa sur le matelas et étudia le décor autour d'elle, cette chambre peu familière. La soirée de la veille lui revint subitement à l'esprit. Était-ce un mauvais tour de sa mémoire ou Anthony avait-il vraiment flanqué un flingue sur la tempe du chevelu qui menaçait de mettre le feu aux caravanes ? Elle était certaine d'avoir vécu la scène. Troublée, elle s'assit sur le lit, posa ses pieds nus sur le lino. Les reniflements de la cafetière étaient perceptibles à travers la cloison. Anthony était déjà levé. Fallait-il faire comme si de rien n'était, s'habiller, petit-déjeuner et suggérer un minigolf ?

Doucement, elle fit coulisser la porte et jeta un coup d'œil. Personne, le gosse avait dû sortir promener les chiens. Son sac était posé dans un coin de la pièce. Sans réfléchir, elle s'approcha à pas de velours, tira la fermeture éclair et fouilla à l'intérieur. Un sachet en plastique crissa sous ses doigts. Elle l'extirpa et écarquilla les yeux. Il était rempli de billets. Des grosses coupures ! Il y en avait pour au moins cent mille euros. Son cœur se mit à battre la chamade. Qui part en vacances avec autant d'argent liquide ? Un braqueur, quelqu'un qui a fait quelque chose de répréhensible en tout cas. Sonnée, elle se laissa tomber sur le canapé-lit et perçut quelque chose de dur sous ses fesses. Elle souleva le matelas et découvrit un revolver. Agent artistique, tu parles ! Elle était partie au camping avec un délinquant, peut-être même un fugitif recherché par la police. Fallait-il appeler le commissariat ? Dénoncer le gosse, cela voulait dire rentrer à Paris et, après ça, elle serait bonne pour l'Ehpad. Elle pourrait commander un taxi et se faire déposer dans le premier hôtel venu. Et après ? Au fond, qu'est-ce qu'elle risquait à rester ici avec lui ? Elle avait passé l'âge d'être violée et s'il avait voulu la tuer, il l'aurait fait pendant la nuit.

Machinalement, elle s'empara du revolver et resta un moment à l'étudier. Le canon était froid, d'un métal gris foncé. Elle n'avait jamais tiré de sa vie avec une arme à feu. Elle posa son index handicapé sur la détente et fut saisie par l'envie d'effectuer une pression. Pour voir. C'était exactement le genre d'exercice qui aurait pu aider sa rééducation. Presser, relâcher, presser, relâcher… Comme à la clinique. Elle aperçut son reflet dans le miroir fixé à l'armoire. Dans sa chemise de nuit, l'arme à la main, les cheveux en bataille, elle avait l'allure d'une vieille folle. Bras tendu devant elle, elle s'amusa à prendre la pose. Un rictus lui fendit le visage quand elle s'imagina face à Hadrien et Berthe, flingue braqué au-dessus du gratin de blettes. Ça leur aurait fait passer l'envie de lui flanquer une auxiliaire de vie sur le dos, tiens. Soudain, un craquement fit bondir son cœur dans sa poitrine.

– À quoi vous jouez ?

Elle retint un cri de frayeur en apercevant le gosse sur le seuil, encadré de ses chiens, un sac de viennoiseries dans les mains. Instinctivement, elle pointa le canon vers lui.

– Posez ça, dit-il. C'est dangereux.

Les animaux la considéraient avec indifférence. L'index paresseux de Thérèse tremblait. Même si elle l'avait voulu, elle n'aurait pas réussi à appuyer, mais elle feignit de maîtriser la situation.

– Assieds-toi, rétorqua-t-elle, le maintenant dans sa ligne de tir.

Il posa docilement les viennoiseries sur la table, s'installa sur une chaise et, d'un claquement de doigts, envoya les chiens se coucher sur leur couverture.

– Vous avez fouillé mes affaires, grinça-t-il.

– Je voulais faire ton lit. On t'a jamais appris à tirer tes draps le matin ?

– Je suis désolé pour hier soir, soupira-t-il. Voir ce gamin terrorisé m'a fait sortir de mes gonds.

Le café avait terminé de couler et une odeur âcre planait dans la pièce.

– Ça n'explique pas pourquoi tu pars en vacances avec une armurerie dans tes bagages, répliqua Thérèse.

– Je pensais chasser…

– Tu espérais croiser un sanglier au barbecue du voisin ? Ne me prends pas pour une quiche.

– OK. J'ai des ennuis, avoua Anthony.

– Quel genre d'ennuis ?

Il secoua la tête, résigné.

– C'est compliqué.

– T'es recherché par la police ?

– Nan.

– Par qui, alors ?

Les yeux des chiens allongés sur le sol allaient d'Anthony à Thérèse comme s'ils assistaient à un match de tennis.

– Écoutez, j'ai simplement besoin de disparaître de la circulation quelque temps, lâcha le jeune homme. Je peux vous assurer que je ne vous créerai pas de problèmes et ne vous ferai aucun mal.

Thérèse n'arrivait pas à savoir si elle pouvait lui faire confiance. L'arme pesait lourd dans sa main.

– Tu as tué quelqu'un ? demanda-t-elle.

– Bien sûr que non ! Vous me prenez pour qui ?

Continuant de braquer le canon sur la poitrine d'Anthony, elle s'installa sur la chaise en face de lui. Sa tignasse était épaisse comme une galette de pétrole et donnait envie de plonger les doigts dedans. Elle devina ses muscles sous sa chemise. S'il avait été client de l'agence, elle lui aurait facilement trouvé une fille de son âge, sportive et pleine de vie. C'était triste de voir un gosse contraint de fuir comme ça au lieu de profiter de sa jeunesse. Il lui faisait presque pitié.

Un silence s'était installé entre eux. Le doigt de Thérèse frémissait, comme pris d'impatience. Qu'est-ce qu'elle allait faire de lui ? Et, d'un coup, elle eut une illumination.

– Bon, écoute-moi. J'ai soixante-quinze ans et, le mois passé, j'ai fait un AVC assez sévère. Mais je m'en sors pas mal. En dehors de quelques trous de mémoire et de problèmes de motricité à l'index, j'ai conservé toutes mes capacités. Malgré tout, faut être lucide. Ce séjour avec toi, c'est sans doute les dernières vacances de ma vie. C'est important, les dernières vacances.

Compréhensif, le garçon hocha la tête, un œil toujours sur le canon.

– Je te propose un marché, annonça-t-elle. On va profiter de ces vacances tous les deux.

– Vous voulez quoi, faire du pédalo ? ironisa-t-il.

– Par exemple. Et du minigolf et des fléchettes, peut-être même visiter les châteaux de la Loire. Mais surtout, tu vas m'apprendre à tirer.

– Quoi ? s'étrangla-t-il.

– Il faut que je stimule ma main. Ça me fera une excellente rééducation. Tirer au pistolet, c'est une chose que j'ai toujours voulu savoir faire. En échange, je ferme les yeux sur l'attirail que tu caches sous ton matelas et je te promets de ne pas faire de vagues.

Il la considérait, incrédule. Sans doute s'attendait-il à ce qu'elle le mette dehors ou appelle les flics, mais certainement pas à ce qu'elle exige une leçon de tir.

– C'est ridicule, répondit-il. Et puis, comment je peux être sûr que vous n'allez pas appeler la police dans mon dos ?

– Parce que si je le fais, je suis bonne pour l'Ehpad. De toute façon, c'est pareil pour moi, qu'est-ce qui me dit que tu ne vas pas me tuer dès que j'aurai baissé ce canon ?

– Je ne suis pas un tueur de vieilles dames, rétorqua-t-il. Et tant que je suis avec vous, les gens qui me recherchent ne me trouveront pas. Tout le monde me prend pour votre petit-fils.

– Alors on a tous les deux intérêt à ce que nos petites vacances se passent au mieux.

Il prit le temps de réfléchir quelques secondes. À l'extérieur, on entendait des rires d'enfants et des bribes de conversations des voisins.

– OK. Je vous apprendrai, accepta-t-il finalement.

– Alors on est d'accord, se réjouit Thérèse. Et aussi : puisqu'on va partager les mêmes toilettes pendant quinze jours, je me disais qu'on pourrait se tutoyer.

– Si tu veux, mamie.

Elle hocha la tête avec contentement, puis posa le flingue sur la toile cirée décorée de petites cerises.

– Si t'étais pas revenu avec des croissants, peut-être que je t'aurais descendu.

– Pour plus de sécurité, j'ai aussi pris des chouquettes.

Ce gosse était plein d'attentions. Finalement, ce séjour de déconnexion prenait un tour inattendu qui n'était pas pour lui déplaire. Elle sortit deux tasses d'un placard et les remplit de café brûlant.

– Tout à l'heure, on ira au supermarché, dit Anthony en mordant dans un croissant. Faut acheter à manger et j'ai besoin de fringues.

– C'est sûr qu'habillé comme ça, tu ne passes pas inaperçu. Il va falloir faire plus couleur locale.

Puisque son sort était temporairement lié à celui de ce môme, autant l'aider à éviter les emmerdements.

17

L'enquête d'Alba était au point mort. Elle n'avait aucune idée de l'endroit où Anthony pouvait se terrer. Les recherches sur Internet étaient infructueuses, il ne figurait sur aucun réseau social et nulle part il n'était question d'un Anthony Barreau, pas même sur *Copains d'avant*. Elle avait interrogé les voisins, les commerçants et les armuriers, sans succès. Elle s'était même introduite chez lui, mais son appartement était aussi impersonnel qu'une maison témoin. La seule chose qu'elle avait trouvée en fouillant, c'était un portrait de ses deux clebs, trônant sur sa table de chevet. Qui dort à côté de la photo de ses chiens ? Ce mec était insaisissable. Mais elle ne baisserait pas les bras aussi facilement. Ce matin, elle avait décidé de tenter sa chance au club de tir.

Dans le sous-sol éclairé par un puits de lumière, quatre tireurs canardaient, casque antibruit sur les oreilles. Parmi eux, Benjamin, un chasseur du dimanche avec des taches de rousseur qui ne manquait pas une occasion de la draguer lourdement. Il était tellement malhabile au tir que les animaux n'avaient pas trop de soucis à se faire. En revanche, il avait déjà blessé grièvement une randonneuse. Alba n'avait jamais compris pourquoi le gouvernement accordait des subventions aux chasseurs alors que, tous ensemble, ils faisaient autant de victimes qu'un attentat meurtrier. Pour elle, le tir était un art noble, méditatif. Elle détestait ces mecs bourrus et prétendument virils.

Déjà, Benjamin s'avançait vers elle, mastiquant ostensiblement un chewing-gum.

– Alors *bella*, t'es pas avec ton pote ?

Son crâne était tellement plat qu'on aurait juré qu'on lui avait tapé dessus avec une poêle à frire quand il était bébé.

– Justement, tu ne l'aurais pas vu, par hasard? demanda-t-elle.

– Non. Par contre, j'ai la décapotable d'un copain pour la journée. Ça te dit de faire un tour sur les Champs ?

Alba prit un air aussi peu ragoûté que s'il lui proposait une assiette de navets bouillis. Elle lui aurait bien collé son Beretta entre les yeux mais elle se contenta de s'éloigner vers le bar, devinant le regard du jeune homme aimanté à ses hanches.

Derrière le comptoir, Franck essuyait des verres.

– Vodka-pomme ? demanda-t-il.

– Perrier-menthe, plutôt, s'il te plaît.

À une table, des chasseurs parlaient de leur dernier civet de biche face à des scotchs.

En posant le verre devant sa cliente, le serveur balaya la salle d'un œil discret.

– Dis, tu as vu ce qui est arrivé au type qui t'a cherché des noises la fois passée ? chuchota-t-il.

– Non. Quoi ?

Elle jouait l'innocente.

– Le Petzoldt dont on parle partout, celui qui s'est pris une balle lors d'une fusillade : c'est le gars qui t'a emmerdée !

Elle plaqua la main sur sa bouche pour simuler l'effroi.

– C'était un sale type, de toute façon, ajouta Franck. Il était capable de te causer de sacrés ennuis.

– Sûr que j'irai pas pleurer sur sa tombe, acquiesça-t-elle. C'est quand même incroyable cette histoire.

– Ouais. Y'a vraiment des dingues.

Ils se turent un instant comme pour respecter une minute de silence en hommage aux victimes des armes à feu partout dans le monde.

– Dis donc, t'aurais pas vu Anthony récemment? embraya Alba.

– Ça fait bien une semaine qu'il n'est pas venu. Il est peut-être malade.

– Je n'arrive pas à le joindre. Tu ne saurais pas où je peux le trouver? demanda-t-elle d'un ton faussement détaché.

– Aucune idée.

– Ce mec est un mystère. Il ne parle jamais de lui. Je ne sais même pas s'il a une copine, ou de la famille.

– Ici, il tire et puis c'est tout, répondit Franck. Si je le vois, tu veux que je lui passe un message?

– Dis-lui que j'attends toujours ma balade en bateau-mouche.

Soupirant, elle avala son Perrier dont les bulles lui montèrent au nez, comme avec le Coca quand elle était gamine.

Après avoir quitté le club, elle marcha sous le soleil brûlant, au radar. Si elle ne retrouvait pas Anthony, qu'est-ce qu'elle dirait à Titov? Brusquement, un labrador lui barra le passage en tirant sur sa laisse.

– Ficelle! hurla sa maîtresse avant de franchir le portail d'un jardin municipal.

Alba repensa alors au portrait des chiens qu'elle avait pris chez Anthony et qui se trouvait toujours dans son sac à main. D'un coup, elle réalisa qu'en dehors du club de tir, il y avait un autre lieu qu'il fréquentait de façon régulière : le parc de son quartier. Il fallait bien que ses deux clebs adorés se dégourdissent les pattes. Les propriétaires de chiens se connaissent tous, un peu comme les parents de mômes en bas âge.

Des massifs de fleurs s'épanouissaient au milieu de la pelouse parfaitement tondue des jardins de l'avenue Foch. Anthony lui avait donné rendez-vous là-bas une fois. Sur les allées, des gens flânaient, faisaient leur jogging, poussaient des landaus ou parlaient dans leurs oreillettes, semblables à des échappés de l'asile. Les chiens ne manquaient pas, il y en avait de toutes tailles, toutes races, toutes couleurs. Ils fonçaient sur les attroupements de pigeons, pissaient sur les clôtures ou tentaient de s'accoupler quand la vigilance de leurs maîtres s'amenuisait. La photo à la main, Alba s'approcha d'un homme aussi court sur pattes que son bouledogue.

– Excusez-moi, se lança-t-elle. J'ai perdu mes chiens et…

Mais le type s'enfuit avec autant de hâte que si elle faisait du démarchage pour une association humanitaire. Elle se rabattit sur une rousse en jean skinny avec un teckel long comme un boudin de porte.

– S'il vous plaît. Je suis à la recherche de ces chiens. Vous ne les auriez pas vus, par hasard ?

La femme jeta un œil rapide au cliché.

– Désolée, ça ne me dit rien.

Peut-être qu'Anthony les emmenait dans un autre parc. À l'ombre d'un platane, deux vieilles dames papotaient sur un banc pendant que leurs caniches reniflaient une crotte desséchée.

– Excusez-moi mesdames, je suis à la recherche de ces animaux.

Les deux dames ajustèrent leurs lunettes pour regarder le portrait.

– Jamais vu. Les gros chiens comme ça vont plutôt dans le bois de Boulogne.

– Attends, je me demande si ce ne sont pas ceux de ce jeune homme élégant, dit son amie.

– Un brun, assez grand, toujours en chemise blanche et bien coiffé ? demanda Alba. Il porte parfois un imper bleu marine, et des bottes en cuir.

– C'est ça.

– Vous le connaissez ?

– Non, mais je le vois souvent lancer une balle à ses chiens. Il a l'air de les adorer.

– Vous devriez coller des affiches avec leur photo, suggéra sa copine. J'ai retrouvé mon chat, comme ça.

Au moins, Alba avait la confirmation qu'elle cherchait au bon endroit. Persévérante, elle continua d'accoster les promeneurs. La plupart étaient suspendus à leur smartphone et ne s'arrêtaient même pas, les autres ne se souvenaient pas des chiens. Autant chercher une aiguille dans une botte de foin.

Elle décida de faire une ultime tentative auprès d'un homme en tenue de sport accompagné d'un fox-terrier. À peine eut-il entrevu la photo qu'il s'illumina.

– Papa et Maman !

D'abord surprise, Alba se rappela les inscriptions sur les deux gamelles posées sur le carrelage de la cuisine d'Anthony.

– Avec un nom pareil, on ne les oublie pas, poursuivit le jogger. Leur maître est un sacré personnage...

– Vous connaissez Anthony ? souffla-t-elle, osant à peine y croire.

– On a discuté quelques fois. Et il fait partie de mes clients.

– De vos clients ?

Il se mit à fouiller dans une poche de son jogging.

– J'organise des séjours de déconnexion. Tenez, voici ma carte si ça vous intéresse.

Étudiant le carton, Alba se souvint d'une émission télévisée qu'elle avait vue sur le sujet. Les gens payaient une fortune pour qu'on enferme leur portable dans un coffre-fort tel un caillou radioactif.

– Anthony est parti en séjour de déconnexion ? dit-elle, incrédule.

– Ça va lui faire le plus grand bien.

Cet homme savait donc où il se cachait.

– Et… il est parti dans quel coin ? demanda-t-elle prudemment.

– Ah ça ! Je ne suis pas censé parler de mes clients.

– Écoutez, c'est vraiment important.

– Désolé, je ne peux rien vous dire.

Il affichait un air inflexible.

– Je vous en prie. Il faut absolument que je lui parle.

– Votre ami se repose. Il sera bientôt de retour.

Exaspérée, elle regarda les alentours. Ils étaient dissimulés par des buissons. Elle l'attrapa par le tee-shirt, le poussa violemment contre le fourré, puis sortit son flingue et le lui colla sur l'estomac.

– Je compte jusqu'à trois. Dites-moi où il est sinon je tire et je garde une balle pour le chien.

Le jogger écarquilla les yeux, le souffle coupé.

– Un...

– Attendez ! supplia-t-il. Vierzon !

– Te paie pas ma tête ! hurla-t-elle, enfonçant plus profondément le canon dans le gras de son ventre.

– Je vous assure !

– Vous envoyez des gens en vacances à Vierzon ?

– Il y en a qui ne veulent pas partir loin ou qui n'ont pas les moyens d'aller ailleurs. Y avait plus de place nulle part, alors votre copain a accepté une location dans un camping. Laissez-moi partir, je vous en prie.

Il avait l'air sincère. Mais Vierzon...

– Il s'appelle comment ce camping ?

– Le camping de l'étang.

La championne de biathlon afficha un rictus de contentement. Enfin elle savait où trouver Anthony !

– Écoute-moi bien, dit-elle d'un ton glacial. Si tu parles de moi à qui que ce soit, je vous retrouve, toi et ton chien. C'est clair ?

Elle relâcha sa prise et se fondit sans attendre dans le flux des promeneurs. Anthony au camping ! Elle ne put réprimer un éclat de rire nerveux.

18

Anthony inspectait mine de rien le parking du supermarché, attentif à tout comportement suspect. Un tueur à moto aurait pu surgir de n'importe où et vider son chargeur sur lui. Un type énorme en survêtement poussait un chariot plein à craquer tandis qu'une mère de famille fourrait des packs de lait dans le coffre d'une Renault 21.

Thérèse le rejoignit en poussant avec conviction un caddie et ils s'acheminèrent vers l'entrée du grand magasin. Les haut-parleurs crachaient une musique survitaminée et l'air climatisé les enveloppa. Anthony détestait les grandes surfaces. D'ordinaire, il faisait ses achats en ligne ou à l'épicerie du quartier. Ils s'orientèrent directement vers le rayon des vêtements.

– Tu fais quelle taille ? demanda Thérèse.

Elle semblait décidée à prendre en main son relooking.

– XL.

Des tee-shirts, des shorts et des paquets de slips vendus par lots étaient entassés dans des bacs, en vrac. Elle se mit à fouiller, jetant un œil aux étiquettes, et ne tarda pas à dénicher un bermuda beige avec des poches latérales qu'elle lui colla devant le bassin.

– Alors ?

– C'est moche.

– On ne va pas à un défilé de mode, rétorqua-t-elle. Dans cette tenue, tu te fondras dans le décor.

Elle dégaina un débardeur avec un insigne Nike doré imprimé sur la poitrine et il réprima une grimace. Depuis qu'il était devenu quelqu'un de respectable, les chemises avaient remplacé pour de bon les tee-shirts et les joggings.

Thérèse avait fourré dans le caddie un maillot de foot, des claquettes, un survêtement, un short de bain et une casquette.

– Avec ça, tu es paré ! commenta-t-elle, satisfaite, avant de bifurquer vers les rayons alimentaires.

La vieille dame faisait des provisions comme s'ils allaient passer un mois en bivouac. Tablettes de chocolat, cacahuètes, anisette, porto, confiture, spaghettis... Elle hésita devant des boîtes de chocolat en poudre.

– Banania ou Nesquik ?

– Je bois du café, répondit Anthony.

– Si tu veux qu'on soit crédibles dans le rôle de la grand-mère et du petit-fils, il nous faut du chocolat, décréta-t-elle.

– Et pourquoi ça ?

Cette vieille avait des idées déroutantes.

– Laisse-moi t'apprendre une chose, dit-elle. Pour les mères, leurs fils, leurs petits-fils et leurs arrière-petits-fils ont toujours six ans. Peu importe leur âge, ils ont six ans et elles leur préparent du chocolat chaud et des bananes écrasées. C'est comme ça.

Il n'avait jamais entendu parler de cette théorie, mais il songea que cela devait être sacrément réconfortant d'avoir quelqu'un sur terre chez qui pouvoir réclamer une banane écrasée à n'importe quelle heure du jour ou de la nuit.

– Si on me voit te préparer un chocolat chaud, personne ne doutera une seule seconde de notre lien de parenté, poursuivit-elle. C'est plus imparable qu'un livret de famille.

Décidément, elle avait un sens inné des techniques de couverture. Il disait toujours à ses tueurs que le diable se loge dans les détails. *Il faut travailler le scénario,* leur répétait-il. *Réfléchissez systématiquement à la meilleure façon d'approcher la cible et à une couverture crédible afin de ne pas être repéré.* Dans certains cas, une boîte de chocolat en poudre peut faire la différence.

– D'accord, prends du Banania. Je vais chercher des croquettes pour les chiens. On se retrouve ici dans quelques minutes. Charge-toi des desserts.

Sans attendre, il s'éloigna sur le carrelage jaunâtre de l'allée centrale. Après un passage au rayon des animaux domestiques, il fila au stand téléphonie pour prendre des cartes prépayées. Il avait hâte de quitter cette atmosphère confinée et se dépêcha d'aller rejoindre Thérèse. Mais elle ne se trouvait pas au point de rendez-vous. Il fit le tour de l'allée, personne aux boissons alcoolisées, ni aux produits frais… Où était-elle passée ? Ils avaient dû se rater dans le dédale des allées. Il sillonna un bon moment le magasin et un début d'inquiétude commençait à naître en lui quand une voix retentit dans les haut-parleurs :

« Le petit Anthony est prié de rejoindre sa mamie à l'accueil. Je répète, le petit Anthony est attendu à l'accueil. »

Le petit Anthony… Ça ne pouvait pas être lui, si ? Ces histoires de Banania et de banane écrasée lui étaient montées au cerveau. Il devait s'agir d'un môme qui portait le même prénom. Pourtant, d'un pas mécanique, il s'achemina vers l'accueil matérialisé par un gros ballon rouge suspendu au plafond. Derrière un comptoir, un vigile bâti comme une armoire de ferme tendait un verre d'eau à une vieille dame assise sur une chaise. Thérèse ! Il était estomaqué. Complètement déboussolé.

– C'est vous le p'tit-fils ? lança le vigile.

– Heu, oui, bredouilla Anthony.

– Faut pas laisser votre grand-mère toute seule. Elle vous cherchait partout.

– Je suis désolé, répondit-il.

– Elle m'a demandé comment s'appelle le Premier ministre. Vous êtes sûr que tout va bien ?

– Elle a juste quelques absences de temps en temps. Merci de m'avoir appelé. Allez viens, mamie.

Il tendit sa main à Thérèse qui le fixait avec des yeux laiteux comme une huître un mois sans r.

– Laissez-moi vous dire une chose, madame, déclara le vigile alors qu'Anthony aidait Thérèse à se relever. Vous voyez le rond-point à la sortie, juste après le Casto ? Il a été occupé pendant deux ans par les gilets jaunes. Mon beau-frère, il a perdu un œil à une manif. Vous faites bien de l'oublier, cette raclure de bidet de ministre. On devrait oublier les noms de tous les salauds qui nous gouvernent et qui pensent que nos vies valent de la merde.

– Allez, on rentre à la maison, s'impatienta Anthony qui n'avait aucune envie de se laisser embarquer dans une discussion politique.

Sans attendre, il entraîna Thérèse vers les caisses.

– Qu'est-ce qui t'a pris de me faire appeler comme ça, en passant une annonce dans le supermarché ? lui demanda-t-il dès qu'ils furent installés dans la voiture. Je t'ai dit que je voulais rester discret.

– Je me doutais bien que personne ne penserait à toi en entendant le « petit Anthony ».

Nerveux, il engagea la voiture sur la route qui menait au rond-point où le beau-frère du vigile avait tenu son piquet de grève. Il s'aperçut qu'il roulait trop vite et s'efforça de lever le pied. Au moins, il avait trouvé des cartes de téléphone prépayées. Dans sa tête, il entreprit de faire la liste des clients à contacter. À commencer par Borel, cet emmerdeur qui avait fait assassiner ses deux dernières épouses. Il avait beau lui répéter qu'il allait éveiller les soupçons, cet abruti ne voulait rien entendre. Cette fois, qu'il se débrouille. Il n'avait qu'à engager Titov. Le Biélorusse supprimerait sa nouvelle femme à la kalachnikov.

Cible : Julia Borel (épouse du client). 34 ans. Service à effectuer au domicile entre 10 heures et 17 h 30, rue Armand Brette à Pierrefitte.
Méthode attendue : étranglement.
Passer par la porte du garage.
40 000 euros.

Cible : Pierre Levasseur, journaliste, 40 ans. Paris 18e.
Méthode attendue : accident de la route.
Conduit une Citroën C3 bleue. Fréquente la RN118 tous les vendredis soir, direction Les Ulis.
110 000 euros.

Cible : Jean-Jacques Mouton, 94 ans. 1m75. Veuf. Vit seul avec son chien.
Méthode attendue : étouffement sous l'oreiller. Lieu : 3, rue du Marais, île d'Oléron. S'absente le matin de 9 heures à 11 heures pour jouer au PMU.
30 000 euros.

19

Épuisée, Thérèse s'était écroulée sur le lit, les bras en croix. La dernière fois qu'elle avait eu une absence pareille, c'était lors d'une sortie au bureau de tabac pour acheter des cigarillos. Elle avait quitté l'appartement avec sa petite monnaie, marché jusqu'au carrefour et soudain, dans le flux des voitures et le clignotement des feux, elle n'avait plus su pourquoi elle était dehors. C'est ce qui s'était passé au supermarché. Un moment d'absence sous les néons des allées.

Sur la terrasse, Anthony était en train de se faire bronzer sur un transat. Avec son nouveau débardeur, son bermuda et ses claquettes de plage, il ressemblait à un kéké sur la Côte d'Azur. Elle se racla la gorge pour attirer son attention.

– Ça y est, tu t'es reposée ? demanda-t-il, soulevant ses lunettes de soleil.

– Oui, ça va mieux. Dis, j'ai pensé qu'on pourrait faire la première leçon de tir.

Il la dévisagea d'un œil sceptique.

– Tu te sens assez en forme ?

– Ça me fera du bien de me bouger un peu.

– Bon, si tu veux.

Dès qu'ils furent prêts, Anthony fourra son arsenal dans le coffre et ils se mirent en route. Le goudron cuit par le soleil filait tout droit au milieu des champs, des lotissements et des entrepôts. Puis ils empruntèrent un chemin qui s'enfonçait dans une forêt. Quand le bitume laissa place à un sentier de terre cahoteux, il gara la voiture sur le bas-côté.

– On continue à pied, décida-t-il.

Ils descendirent du véhicule en faisant claquer les portières. Une lumière dorée tombait sur les feuillages et la nature, assommée de chaleur, était plongée dans la torpeur. Ils marchèrent entre les troncs, explorant des chemins de traverse. Les chiens s'échappaient pour suivre des pistes invisibles avant de revenir vers eux, au galop. Ils atteignirent bientôt une clairière au centre de laquelle des tas de bois témoignaient de la présence occasionnelle de bûcherons.

– Ici, on ne sera pas dérangés, décréta Anthony.

Il choisit un pistolet, le chargea et le remit à Thérèse.

– C'est un semi-automatique. Maniable et léger.

Avec un peu d'appréhension, elle s'empara de l'arme et la cala dans le creux de sa main, s'efforçant de refermer les doigts autour de la crosse. Pendant qu'elle se familiarisait avec l'objet, Anthony disposa une boîte de conserve sur une souche, puis recula de cinq pas.

– Tu vas viser la boîte. Prends le pistolet à deux mains et imagine un aimant attirant le bout du canon vers la cible.

Thérèse leva le flingue au niveau des yeux. Les muscles de ses épaules étaient serrés comme des nœuds de corde mouillée. Dans sa tête, elle visualisait le mouvement minuscule que devait effectuer son index pour presser la détente, mais le doigt refusait d'obéir.

– Pense à la cible, à rien d'autre, conseilla Anthony.

Une goutte de sueur s'était formée sur la tempe de la vieille dame. La boîte de conserve brillait d'un éclat métallique. Autour d'eux, les arbres retenaient leur souffle, même les nuages au-dessus de leurs têtes s'étaient figés.

– Essaye en fermant les yeux, suggéra le jeune homme.

Sceptique, Thérèse abaissa les paupières. Enveloppée de silence, le vide se fit dans sa tête. Ses pieds étaient ancrés dans la terre. Sans qu'elle s'y attende, une puissante vibration traversa ses bras, ses épaules, sa poitrine, jusqu'à la colonne vertébrale. Des oiseaux s'envolèrent des branches alentour dans un claquement d'ailes. Elle rouvrit les yeux, surprise elle-même d'avoir réussi à faire feu.

– Reste plus qu'à ajuster le tir, dit Anthony avec satisfaction.

D'un geste souple et rapide, il dégaina son pistolet et tira une balle dans la boîte, produisant un son de cymbale.

– T'es drôlement habile, siffla Thérèse, impressionnée.

– Question d'entraînement, et de posture. Le corps doit former une ligne droite. Figure-toi un fil invisible qui te tire le crâne vers le ciel.

Il lui tira les épaules en arrière pour qu'elle bombe le torse. Elle redressa la tête avec la sensation d'être en séance de reconstruction posturale, comme à la clinique.

– La prise de ta main sur la crosse doit être plus ferme.

Il serra ses doigts autour des siens. Concentrée, Thérèse se représenta la trajectoire que devait décrire la balle pour atteindre le métal. Sa respiration calée sur un rythme lent, ses pensées se relâchèrent. Elle percevait les bruits de la forêt avec une étonnante acuité, le vent dans les feuillages, le pépiement des oiseaux, telles des notes dans un auditorium. Puis, en un flash, elle pensa aux Senioriales et aux Magnolias. Cette fois, la balle effleura la boîte.

Elle tira plusieurs autres cartouches. Ses avant-bras étaient douloureux, mais son index répondait de mieux en mieux. Anthony lui apprit à synchroniser sa respiration avec le moment où elle tirait. Il ne fallait pas appuyer trop brutalement. Juste une légère pression.

Enfin, comme par miracle, la balle atteignit la cible. Thérèse n'en revenait pas d'avoir accompli une telle performance.

– Bravo ! la félicita le jeune homme. On va s'arrêter là pour aujourd'hui. Au prochain cours, on s'éloigne de deux mètres. Tu te débrouilles bien, mamie.

Envahie d'un sentiment de fierté, elle rangea son flingue dans la poche de sa robe. À la clinique, on la considérait comme une élève maladroite à peine fichue de casser un œuf. Ça faisait longtemps qu'on ne l'avait pas complimentée.

Sur le chemin du retour, ils décidèrent de faire une halte au bord du lac. Anthony gara la Fiat sur le parking bondé et ils marchèrent au milieu de corps alanguis qui se faisaient bronzer sur des serviettes. Le lac, d'un vert bleuté, était lisse comme de l'huile. Au centre, une île hérissée de buissons impénétrables avait la forme d'un haricot.

Thérèse alla acheter des esquimaux au club nautique et ils s'installèrent sur la pelouse pour les déguster. Il n'y avait pas un souffle d'air et le paysage était figé comme une toile de maître. Des adolescents plongeaient depuis la plateforme d'un pédalo.

– Quand tu as fait ton AVC, tu as failli mourir ? demanda Anthony de but en blanc.

La question fit sursauter Thérèse. D'ordinaire, les gens esquivaient soigneusement le sujet, mais lui l'abordait sans détour.

– Je ne suis pas passée loin, répondit-elle tout en avalant un éclat de chocolat. Tout s'est joué en quelques secondes. J'étais seule à l'agence, alors j'ai appelé mon neveu. S'il n'avait pas prévenu les secours, j'y passais.

– Tu as eu de la chance d'avoir eu quelqu'un à prévenir.

– C'est vrai. Mais maintenant, il veut me placer en Ehpad. C'est pour ça que je suis ici. Et toi ? Qu'est-ce que tu fuis ?

Anthony se rembrunit. Du bout de sa chaussure, il dessinait des traits dans la terre battue.

– J'ai des ennuis avec des gens qui pensent que je leur ai fait du tort.

– C'est grave ?

– S'ils me trouvent, ils me tuent.

L'expression fermée du jeune homme lui confirma qu'il ne plaisantait pas. De quel acte si terrible était-il suspecté pour qu'on en veuille à sa vie ? L'un des chiens avait rapporté un bâton dans sa gueule et remuait la queue devant son maître. Anthony lui flatta le flanc puis lança le bout de bois de toutes ses forces dans le lac. Papa et Maman se jetèrent aussitôt à l'eau pour le récupérer.

– S'il m'arrivait quelque chose, tu voudrais bien t'occuper d'eux ? demanda-t-il. Je ne veux pas qu'on les pique, ni qu'on les enferme dans un chenil.

Thérèse mesura alors à quel point il était seul, avec ces animaux pour uniques compagnons de vie.

– J'habite en appartement, mais le bois de Vincennes est juste en bas, acquiesça-t-elle. Je pourrais les y promener.

Il hocha la tête avec reconnaissance.

– Te fais pas de bile, ajouta-t-elle. Personne ne nous trouvera ici.

Ils restèrent un moment silencieux, assis côte à côte, observant les pédalos se déplacer avec indolence. Au-dessus de leurs têtes, une traînée d'avion dessinait une cicatrice blanche dans le ciel uniforme.

20

Pour s'assurer d'être intraçable, Alba avait pris toutes les précautions possibles. Elle s'était rendue à la gare à pied, avait réservé son billet sous un faux nom et retiré assez d'argent liquide pour pouvoir se passer désormais de carte bancaire. Avec son énorme sac de randonnée sur les épaules, on la prenait pour une vacancière. Tous les mobil-homes du camping étant réservés pour le pont du 14 juillet, elle devait se trimballer une tente. Est-ce qu'une professionnelle aguerrie serait partie en mission encombrée de tout ce barda ?

Derrière la vitre poussiéreuse du train, les façades d'immeubles et les poteaux électriques défilaient. En dehors d'un type qui somnolait dans un coin, elle était seule dans le compartiment. Le Corail paraissait sorti d'un autre temps et on n'aurait pas été surpris d'y découvrir un espace fumeurs et de pouvoir baisser les vitres, comme dans les tortillards qu'elle empruntait enfant. On était loin du TGV Provence-Alpes-Côte d'Azur avec son Wifi à bord, sa climatisation frigorifique, son *barista* et ses *hôtes de propreté*.

Elle ferma les yeux et se mit à réfléchir à la façon dont elle s'y prendrait pour remplir son contrat. Elle allait offrir une belle mort à Anthony, rapide et sans douleur. C'était le minimum qu'elle lui devait.

Deux heures plus tard, la voix du conducteur arracha les passagers à leur somnolence. *Vierzon, deux minutes d'arrêt!* Elle se hâta de prendre ses bagages et le flot des passagers l'entraîna jusqu'à l'esplanade de la gare. De l'autre côté de la place, un café et un kebab avaient baissé leurs rideaux métalliques et les volets de la plupart des maisons étaient clos. C'était le genre de centre-ville où les commerces disparaissaient et où il fallait attendre des mois pour obtenir un rendez-vous chez le médecin. Y avait-il seulement un tueur à gages à Vierzon? En quelques minutes, les voyageurs se dispersèrent comme une volée de moineaux.

Elle monta dans un taxi et communiqua au chauffeur l'adresse du camping. Dès qu'il eut pianoté sur le GPS, un itinéraire bleu et sinueux se matérialisa sur l'écran.

Arrivée prévue dans onze minutes et trente-trois secondes.

TROISIÈME PARTIE

PÉDALO

> *« Le principe selon lequel la vie humaine n'a pas de prix n'est jamais remis en doute, mais les hommes cherchent toujours à contourner ce principe et, le plus souvent, y parviennent. »*
>
> Alfred Sauvy[1]

1. Alfred Sauvy, *Coût et valeur de la vie humaine*, Paris, Hermann, 1977.

21

Anthony roulait sur une nationale bordée de platanes. Bientôt, une station-service se profila et il actionna le clignotant. Une Volvo venait de faire le plein et s'éloignait, laissant le parking vide. Il se gara à quelques mètres des pompes à essence dans les effluves de gasoil. Ici, il pouvait téléphoner sans se soucier d'être écouté.

Steve répondit dès la première sonnerie.

– C'est moi, dit Anthony. Du nouveau ?

– Ouais. J'ai trouvé Ghost Dog.

– Tu l'as interrogé ?

– Il a les flics au cul ces temps-ci, alors il a préféré sous-traiter ton contrat.

C'est bien ce qu'avait imaginé Anthony.

– À qui ?

– Il a été coriace, mais il a fini par cracher le morceau. Sissoko Samaké.

Ce sale petit flambeur ! Qu'est-ce qui avait pris à Ghost Dog de confier le job à un mec aussi peu fiable ?

– Faut le trouver, ordonna l'agent.

– Ça va être compliqué : il s'est pris une balle dans un hôtel de luxe en Corse. Un sniper apparemment. Et j'ai découvert autre chose : il y était déjà avec sa gonzesse en vacances le jour du meurtre. On dirait bien qu'il a sous-traité lui aussi…

Anthony se mordit les lèvres. L'affaire lui échappait et il n'aimait pas ça. Combien étaient-ils à s'être refilé le contrat après Samaké ? Une chose était sûre : l'exécutant était un professionnel qui savait effacer ses traces.

– Tout le monde pense que Naciri t'a commandité l'assassinat d'Archibald Petzoldt, poursuivit Steve. Théodore a déjà fait buter trois de ses gars.

– N'importe quoi ! s'emporta Anthony. Il faut absolument trouver qui Samaké a embauché. Ils ont dû être en contact les jours précédant l'assassinat. Reconstitue son emploi du temps. Essaie aussi de savoir si cet enfoiré de Malien s'est laissé corrompre par Naciri.

– Je vais chercher. Je fais quoi de Ghost Dog ? Je le garde au frais dans ma salle de bains depuis deux jours.

– Débarrasse-t'en. Il avait qu'à réfléchir avant de sous-traiter au premier venu. On se rappelle dans deux jours.

Quand il eut raccroché, Anthony resta un moment cloué à son siège, tentant de mettre de l'ordre dans ses pensées. Les Petzoldt avaient tant d'ennemis que des centaines de personnes auraient pu commanditer le meurtre.

Il consulta sa montre en soupirant : déjà quinze heures. Il devait retrouver Thérèse pour le minigolf et la séance de tir. Leurs sorties lui changeaient les idées. Après, elle lui préparerait un chocolat chaud et ils joueraient aux cartes sous l'auvent du mobil-home. Il appréciait ces moments paisibles et prenait goût à se faire dorloter. Il aurait bien aimé avoir une grand-mère comme ça.

22

Pimpante dans sa robe en flanelle, lunettes noires sur le nez, Alba se présenta à la réception. La radio diffusait un refrain familier, *Partenaire particulier*... Elle se racla la gorge pour attirer l'attention de la gérante, occupée à se faire les ongles.

– Bonjour. J'ai appelé hier pour louer un emplacement.

– Votre nom ?

– Leroy.

Elle avait utilisé la même fausse identité que pour le train. La femme étudia un planning sur son ordinateur en fronçant les sourcils. À la radio, la musique avait laissé place au journal et le premier titre concernait les obsèques du secrétaire d'État aux solidarités. Alba tendit l'oreille, tâchant de se composer une physionomie aussi détachée que possible. Les personnalités politiques interviewées juraient que justice serait faite et que la violence n'ébranlerait pas la démocratie. Depuis la mort d'Archibald Petzoldt, seconde victime de la tuerie, les règlements de compte s'enchaînaient entre deux clans concurrents du trafic de stupéfiants.

Alba s'était mise à pianoter nerveusement sur le comptoir. Dire qu'elle était à l'origine de tout ce bazar.

– Ah, voici, dit la femme. Venez, je vous accompagne à votre emplacement.

Elles passèrent devant la buvette, puis empruntèrent l'allée centrale qui traversait le terrain de camping. Les igloos, les canadiennes et les tentes tunnel formaient un patchwork multicolore. Les buissons plantés le long du sentier ressemblaient à des têtes échevelées et la pelouse était jaune comme de la paille. Les vacanciers jouaient à la pétanque, se prélassaient sur des transats ou déjeunaient à l'ombre des auvents. Difficile d'imaginer Anthony parmi eux.

– C'est ici, dit la femme en désignant un carré d'herbe. Le bâtiment des douches est sur votre droite. Vous pouvez profiter du minigolf et des tables de ping-pong. Le Cher est juste derrière et il y a un lac à quelques kilomètres où vous pouvez vous baigner.

– C'est parfait, dit Alba, laissant tomber son sac à terre. Dites-moi, est-ce que vous auriez parmi vos clients un jeune homme, brun, plutôt grand ? Avec deux gros chiens ?

– Le monsieur avec sa mamie ? Ils m'empruntent souvent des clubs pour le minigolf. Il a l'air de beaucoup l'aimer, sa mamie. Ils ne se quittent quasiment pas. Vous les trouverez mobil-home 8, au bout de l'allée.

Alba en resta sans voix. Qu'est-ce que c'était que cette histoire de grand-mère ? Est-ce qu'elles parlaient bien du même homme ? Le jogger l'avait peut-être orientée sur une fausse piste.

– Bon, je vous laisse vous installer, dit la femme. Surtout, ne ratez pas la soirée karaoké du 14 juillet et le feu d'artifice, bien sûr.

Une fois seule, Alba entreprit de monter la canadienne qu'elle avait achetée la veille au Vieux Campeur. Elle avait aussi fait l'acquisition d'un duvet, d'une gamelle métallique, d'un réchaud et d'un couteau de poche. Elle cacha son fusil à l'intérieur du duvet puis partit faire des repérages.

Elle avait besoin d'un endroit discret d'où espionner le secteur. Le bâtiment des douches, un cube au crépi blanc où les campeurs se rendaient en claquettes, serviette sur l'épaule et flacon de shampoing à la main, semblait offrir un bon poste d'observation. Quand elle fut certaine de ne pas être vue, elle escalada l'échelle qui permettait d'accéder au toit et se hissa sur la surface plane. L'endroit était d'une saleté répugnante. Des canettes gisaient au milieu de mégots de cigarettes, de fientes d'oiseaux et de feuilles mortes en décomposition. Accroupie, elle colla les yeux à ses jumelles. Celles-ci balayèrent la buvette, les barbecues, le terrain de boules, les tentes, les caravanes, les camping-cars... Les mobil-homes étaient situés à proximité du fleuve. Le 8 était tout proche du bois. Deux serviettes de bain séchaient à une corde à linge et une gamelle d'eau était posée près du paillasson. Les occupants semblaient absents. Chez les voisins, une vieille femme en fauteuil roulant faisait du tricot et, sous l'auvent de la baraque suivante, un type en marcel à l'avant-bras manquant fumait appuyé à la rambarde. Les gens bougeaient à peine, comme engourdis par la chaleur.

Les jumelles empruntèrent ensuite l'allée centrale où un petit garçon jouait avec une tractopelle puis bifurquèrent vers le minigolf. À mi-parcours, un homme en bermuda avec une casquette se concentrait face à un pont-levis miniature. Deux gros chiens se tenaient à côté de lui, allongés dans l'herbe. Elle zooma sur le golfeur. Anthony ! En compagnie d'une vieille femme portant des lunettes de soleil, sans doute la grand-mère dont avait parlé la gérante. Il était méconnaissable. Se pouvait-il qu'il ait embarqué sa mamie en cavale ? D'un geste souple, il fit pivoter son club et envoya la balle rebondir sur le pont-levis, puis couler lentement sur le ciment jusqu'au trou final. L'agent leva un poing victorieux sous les applaudissements ravis de la vieille dame. Alba était stupéfaite. Même quand il faisait un beau carton au stand de tir, elle ne l'avait jamais vu faire preuve d'un tel enthousiasme.

Elle abaissa ses jumelles, perplexe. Quelque chose ne collait pas. Normalement, les hommes traqués s'enferment dans des planques sombres et humides avec des boîtes de conserve et de la viande séchée, se laissent pousser la barbe et ne sortent que la nuit. On n'est pas censé jouer au minigolf en claquettes quand on est recherché par des tueurs. Elle reprit son observation. Anthony était incroyablement attentionné avec sa grand-mère. Il l'aidait à ajuster sa prise sur le club de golf, ramassait la balle à sa place, la conseillait sur la tactique à adopter. Continuant de détailler le duo, Alba songea que cette femme était peut-être la seule qui savait vraiment qui était Anthony Barreau. Elle avait dû s'occuper de lui petit, l'emmener au parc, au manège et à la piscine. Si elle voulait percer les mystères de l'agent, c'est à elle qu'il fallait s'adresser. En parlant avec elle, elle obtiendrait peut-être même des informations sur leur programme de vacances et pourrait trouver le moyen d'être seule avec lui pour exécuter son contrat.

23

Installée à la terrasse de la buvette, Thérèse sirotait un Gin tonic. Anthony était rentré mais elle avait eu envie de profiter encore un peu de la fraîcheur de la nuit. Aux tables voisines, les conversations s'enflammaient à mesure que les verres se vidaient. Les enceintes diffusaient un vieux morceau. *Voyage voyage*... Une jeune femme aux cheveux courts s'approcha d'une démarche boitillante. Ses yeux vert bouteille brillaient dans l'obscurité.

– Vous êtes la grand-mère du monsieur avec les chiens, n'est-ce pas ? lui lança-t-elle.

Depuis qu'Anthony avait fait fuir le forcené qui harcelait la mère du petit garçon, il avait acquis une certaine notoriété dans l'enceinte du camping.

– C'est mon petit-fils, confirma Thérèse.

– Je peux vous offrir quelque chose à boire ?

Les gens d'ici faisaient décidément preuve de sociabilité. Après tout, elle refusait rarement un verre.

– Un mojito, accepta-t-elle.

La campeuse fila à la buvette et ne tarda pas à en revenir, deux cocktails dans les mains. Elle prit place dans un fauteuil en face de la vieille dame.

– Alors, votre séjour se passe bien ?

– On est bien ! répondit Thérèse. Il fait beau et ce ne sont pas les activités qui manquent.

– Vous avez de la veine d'avoir un petit-fils qui vous emmène en vacances.

Thérèse sourit en pensant à Anthony. C'est vrai qu'elle avait eu de la chance de tomber sur lui. Elle aurait bien aimé avoir un petit-fils comme ça.

– Il a toujours été aux petits soins avec sa vieille mamie, approuva-t-elle, attendrie.

– Vous partez souvent ensemble ?

– Tous les ans ! L'été dernier, on a fait l'Angleterre. Et celui d'avant, l'île d'Yeu. Cette année, au départ, on n'avait rien prévu. Je devais rester à Paris, toute seule dans la fournaise. Et puis finalement, il est venu à la maison et il m'a dit : « Mamie, fais ta valise, je t'emmène au camping ! » Vous imaginez comme j'étais contente. Il voulait que je sois à la campagne, au frais. La chaleur fait un carnage chez les vieux. On les retrouve parfois chez eux, desséchés comme des fruits secs.

Elle eut un ricanement nerveux en imaginant des têtes blanches fripées, mortes de soif comme des plantes qu'on n'arrose pas.

– Et donc vous êtes partis comme ça, sans rien avoir planifié ? poursuivit la jeune femme.

– J'ai pris mon maillot de bain, quelques affaires, et en voiture ! Des gamins comme lui, on n'en fait plus.

Ça la divertissait d'inventer n'importe quoi. Un peu plus et elle aurait cru à ses propres bobards.

Elle fit craquer une allumette et enflamma un cigarillo.

– Sans être indiscrète, je peux vous demander ce qu'il fait dans la vie ? s'enquit la fille.

– Vous vous intéressez à mon petit-fils ? plaisanta Thérèse. C'est à lui que vous auriez dû offrir un verre…

La campeuse haussa les épaules, l'air détaché.

– Il est agent, lâcha la vieille dame en tirant une bouffée.

– Agent ?

– Agent artistique. Il aide des acteurs et des chanteurs dans leur carrière. Il s'occupe de stars de renommée internationale. C'est quelqu'un d'important.

Elle marqua une pause et avala une gorgée de son cocktail. Elle commençait à être un peu pompette.

– Quelle chance il a ! s'exclama la fille. J'ai toujours rêvé de travailler dans le secteur artistique. Ça doit être dur de se faire une place…

– Il avait des relations. Un ami metteur en scène, je crois. Il n'y a que ça qui marche dans ce genre de milieu fermé. Tenez, vous connaissez Jean Dubalcon ?

– Je ne vais pas très souvent au cinéma.

– Eh bien, c'est son agent !

– Incroyable.

Thérèse s'amusait. Elle se demandait ce qu'elle pourrait encore inventer. Considérant la jeune femme, elle fut soudain frappée par son charme atypique. Son visage dégageait tout à la fois une harmonie et une énergie peu communes. Est-ce qu'elle plairait à Anthony ? D'un coup, l'idée lui vint de lui organiser un rencard. Après tout, elle avait fait ça toute sa vie et une petite aventure de vacances ne pourrait qu'être bénéfique au gamin. C'était même sans doute exactement ce dont il avait besoin. Il lui faisait de la peine, tout seul avec ses chiens.

– Vous devriez lui proposer de boire un verre, suggéra-t-elle. Il vous raconterait plus en détail en quoi consiste son travail.

– Oh, il doit avoir envie de parler de tout sauf de ça pendant ses vacances !

– C'est vrai, concéda Thérèse. Il a des ennuis de boulot, en ce moment. Mais discuter avec quelqu'un de son âge lui changerait les idées. Il ne peut pas passer tout son temps avec sa vieille mamie !

La fille afficha un sourire gêné.

– Pourquoi pas, mais hors de question de me pointer comme ça devant lui. Il va croire que je le drague.

Thérèse se mit à réfléchir, puis elle avisa l'affiche de la buvette annonçant le karaoké.

– Vous n'avez qu'à venir à la soirée de demain. Il dit qu'il veut rester à la maison, mais je vais lui forcer la main. Ce sera une bonne occasion pour faire connaissance.

– D'accord !

– Très bien. Maintenant, vous m'excuserez, mais il faut que j'aille me coucher. Je suis épuisée et, demain, il m'a concocté un sacré programme. Merci pour le verre.

– Je vous en prie. Bonne nuit.

Peu après, Thérèse poussait la porte du mobil-home. Sur le canapé-lit, Anthony dormait profondément, ses deux chiens roulés en boule contre son flanc. Son visage était lisse et détendu et sa poitrine se soulevait et s'abaissait doucement, à intervalles réguliers. On aurait dit un ange. Son drap avait glissé et, précautionneusement, elle le couvrit jusqu'au cou avant de gagner la chambre sur la pointe des pieds.

24

Anthony avait toujours détesté les fêtes, Noël, le jour de l'An, Pâques... Il avait entendu quelque part que le 24 décembre connaît toujours un pic de suicides, quand tout le monde se gave en famille de foie gras et de dinde aux marrons. Seul face à un misérable toast de saumon fumé, il avait lui-même plus d'une fois éprouvé l'envie de se tirer une balle. Il n'aimait pas davantage le 14 juillet mais Thérèse l'avait tellement tanné pour qu'il l'accompagne au karaoké qu'il avait cédé.

Ce soir-là, le camping était en effervescence. Les barbecues tournaient à plein régime, grillant saucisses et brochettes à tour de bras. Dans les allées, des gamins faisaient exploser des clac-doigts avant de se disperser en courant. Des enceintes et un écran avaient été installés face à la buvette et un animateur déguisé en cow-boy invitait les candidats à choisir une chanson dans une playlist. Certains chanteurs s'étaient mis sur leur trente-et-un, comme des écoliers le jour de la photo de classe. Anthony avait prévu d'écouter les premiers morceaux et de s'éclipser fissa.

Bientôt, l'animateur invita le premier candidat à se présenter sur scène. C'était la mère de Bernard et elle avait choisi Dalida. Dans son fauteuil roulant, la handicapée se saisit du micro et fixa les campeurs avec le sérieux d'un diplomate sur le point de faire une déclaration solennelle face à une délégation internationale. Les premières notes retentirent et les paroles s'affichèrent à l'écran, un curseur se déplaçant pour aider le chanteur à suivre le tempo.

Les yeux battus la mine triste Et les joues blêmes…

La vieille dame chantait avec ferveur, les yeux au ciel et la main sur le cœur.

Bambino, Bambino ne pleure pas, Bambino

Anthony n'aurait su dire si c'était magnifique ou épouvantable. À la fin du morceau, un tonnerre d'applaudissements fit trembler les tables. Il frappa mollement dans ses mains. L'ambiance le changeait des réceptions auxquelles l'invitaient parfois ses clients, avec hôtesses, champagne et coke. Sans transition, un type rougeaud enchaîna avec *Le temps des cathédrales.* Il se déhanchait en postillonnant dans le micro, complètement à côté de la plaque, mais il ne serait venu à l'idée de personne de le huer. Il régnait une forme de respect et de tolérance entre ces chanteurs amateurs. Un touriste belge massacra Niagara, puis le manchot interpréta *Vesoul* de Brel, son moignon marquant la cadence. Au moment du refrain – *T'as voulu voir Vierzon, et on a vu Vierzon* – les campeurs, survoltés, s'époumonèrent avec lui. Un air lourd et chaud faisait suer les corps. À la buvette, la pompe à bière et le shaker fonctionnaient sans relâche.

– Et maintenant, lança l'animateur, je vous demande d'encourager notre prochaine artiste qui va nous interpréter une chanson de… Véronique Sanson !

Stella, la femme tabassée par son Jules qu'il avait aidée le premier soir, s'avança sur la scène. Elle portait une robe échancrée et ses cheveux réfléchissaient la couleur des projecteurs tel du papier d'aluminium.

– Alors, quelle chanson allez-vous nous interpréter? demanda l'animateur.

– *Amoureuse*, répondit-elle avec assurance.

Drôle de choix, songea Anthony – ou plein d'espoir.

– On dédie cette chanson à tous les amoureux ! lança le présentateur.

La musique démarra et la voix de Stella s'échappa des enceintes, chaude et douce, enveloppante. Elle tenait le micro entre ses mains tel un oiseau fragile. Tout le monde écoutait, hypnotisé. Même les campeurs belges à moitié saouls avaient cessé de brailler.

Et je me demande, Si cet amour aura un lendemain.

Thérèse avait la larme à l'œil. Anthony regardait sa montre quand une voix féminine retentit derrière eux.

– Bonsoir, je peux m'asseoir avec vous ?

– Ah ! s'exclama la vieille dame d'un air ravi. Je vous en prie.

Quand Anthony aperçut la visiteuse, son cœur s'arrêta de battre. Alba ! Était-ce une hallucination ?

– Nous nous sommes rencontrées hier, expliqua Thérèse. Elle voulait en savoir plus sur ton métier d'agent, alors je lui ai suggéré de venir t'en parler directement.

Incapable de rien articuler, Anthony fixait la jeune femme comme si un ours polaire avait fait irruption à côté de lui. Pas possible ! Elle ne pouvait pas se trouver ici, dans ce camping à Vierzon ! Tandis que Thérèse s'efforçait d'alimenter la conversation, les questions se pressaient dans sa tête. Comment l'avait-elle trouvé? Qu'est-ce qu'elle lui voulait? Il était totalement pris au dépourvu. Alba lui parlait de chanteurs de variété et de séries télévisées. Il ne comprenait pas ce qu'elle racontait. Une inquiétude diffuse l'envahit. Et si elle était là pour se venger de quelque chose, ou pour le compte de quelqu'un ? Non, il se faisait des films. Elle lui était dévouée et, de toute façon, elle n'avait pas encore de relations dans le milieu. Alors ? Elle était tellement têtue qu'elle était capable d'être venue jusqu'ici pour lui proposer une sortie en pédalo. Elle ne voulait pas comprendre que dans sa vie, ses chiens lui suffisaient. Hors de question de s'attacher à qui que ce soit d'autre. C'était sa règle de conduite depuis toujours.

– Ça va, Anthony ? demanda la vieille dame.

– Euh... Oui, bredouilla-t-il.

Soudain, il n'eut plus qu'un objectif: attirer Alba à l'écart et lui demander des explications.

– Allons nous promener, ce sera mieux pour discuter, dit-il abruptement.

Sous le regard médusé de la vieille dame, il l'entraîna entre les tables sans prêter attention à Stella qui poursuivait son show.

25

Alba trottinait derrière Anthony qui marchait d'un pas résolu vers les bois. Une fois là-bas, à l'écart des fêtards, elle n'aurait qu'à le descendre pendant que tout le monde écoutait le karaoké. Pour l'oreille, elle avait apporté son opinel et avait même prévu un sac congélation. Ce serait rapide, l'important était de ne pas tergiverser. Quand ils furent seuls, Anthony lui attrapa le poignet.

– Qu'est-ce que tu fais là ? éructa-t-il.

Le gargouillis du fleuve, tout proche, masquait presque les craquements inquiétants de la nuit. Le hululement glaçant d'une chouette s'éleva dans la pénombre.

– Je t'ai appelé des centaines de fois, rétorqua-t-elle en se dégageant. Tu ne réponds jamais !

– J'étais occupé. Comment tu as su que j'étais ici ?

Mais elle ne l'écoutait déjà plus. Discrètement, elle approcha la main de son pistolet dans sa poche. Il fallait faire vite. Ne pas se laisser embringuer dans une conversation qui risquait de la faire dévier de son objectif. Au moment où elle allait dégainer, un bruit la fit tressaillir.

– Bougez pas ! cria une voix étrangère.

Derrière elle, un baraqué aux cheveux rasés sur les tempes braquait un flingue dans leur direction.

– C'est sympa de nous avoir amenés jusqu'à ton copain, lui dit-il avec un accent russe. Maintenant, on va terminer le boulot nous-mêmes.

Un gars de Titov ! Comment avait-elle pu être aussi stupide ? L'agent biélorusse s'était servi d'elle. Il avait fait mine de l'embaucher, l'avait fait suivre et maintenant qu'elle les avait conduits jusqu'à Anthony, ses tueurs allaient les liquider tous les deux. « Brûler les archives », comme ils disent dans le milieu. Effacer toutes les traces, tous les témoins. Exactement comme elle l'avait fait avec Sissoko. Envahie d'une vague de nausée, elle revit Titov sur le bateau-mouche avec ses tatouages et son cou de taureau. Anthony l'avait pourtant prévenue : il ne faut faire confiance à personne. Elle songea à son flingue mais si elle esquissait le moindre geste, l'homme l'exécuterait.

– Descendez vers la rivière, ordonna-t-il. Tous les deux.

Il allait les tuer et se débarrasser de leurs cadavres dans le cours d'eau. D'un pas tremblant, elle suivit son agent vers la berge.

– Dépêchez-vous, s'impatienta l'autre.

Alba sentit les larmes lui monter aux yeux. Elle repensa au chalet de ses parents, aux randonnées en montagne, à ses premières compétitions de biathlon, sa première médaille, sa première sélection en équipe de France… Comment sa vie avait-elle pu déraper à ce point ? L'angoisse l'étranglait. Elle ne voulait pas mourir. Au loin, les campeurs entonnaient en chœur *On ira tous au paradis.* Elle avait envie de demander pardon à Anthony. Elle n'aurait jamais dû le trahir. Un compte à rebours s'était enclenché dans sa tête quand, soudain, deux formes jaillirent des fourrés. Les chiens ! À une vitesse fulgurante, ils bondirent sur l'homme qui roula à terre, déséquilibré. Aussitôt, Anthony dégaina son flingue et, sans tergiverser, exécuta leur assaillant d'une balle dans la poitrine.

26

Thérèse n'aurait jamais cru le gosse capable d'une telle audace. Sans hésiter, il avait proposé une promenade à cette fille alors qu'ils avaient à peine échangé quelques mots. Après tout, ce serait peut-être le début d'une histoire d'amour…

Sur scène, un Belge avec un ventre à bière gueulait dans le micro, se croyant au Zénith. Elle en avait plein les oreilles. Elle vida son verre et s'enfonça dans le camping. Les tentes étaient désertes et seuls quelques chiens fouinaient dans les allées. Aucune lumière ne filtrait derrière les stores du mobil-home. Elle pressa la poignée.

– Anthony ? hasarda-t-elle.

La pièce était plongée dans le noir. Ses doigts tâtonnèrent le long du mur pour trouver l'interrupteur. Quand la lumière jaillit, un souffle fondit sur elle et la porte se referma en un violent claquement. Puis une force la projeta contre la paroi et une main s'écrasa sur sa bouche.

Un blond massif se tenait en face d'elle, un rictus mauvais aux lèvres.

– C'est votre petit-fils que j'attendais.

Thérèse tenta de se débattre, mais il la maintenait collée contre le mur comme un papillon épinglé dans un album.

– Où il est ?

Son haleine émettait une puanteur de vodka. Terrorisée, Thérèse secoua la tête.

– Je… je ne sais pas.

– Votre petit-fils a de gros ennuis, déplora-t-il.

Elle repensa à ce qu'Anthony lui avait dit. Visiblement, les gens qui le recherchaient avaient réussi à trouver sa trace. Si elle appelait au secours, personne ne l'entendrait à cause du karaoké.

Sans relâcher sa prise, l'homme sortit un talkie-walkie d'une poche de son gilet et parla dedans en mélangeant le français et une langue étrangère. Thérèse identifia quelques mots: «vieille», «sans valeur»… Quand l'échange fut terminé, il la regarda avec une mine désolée. Une vague de terreur envahit la vieille dame. Elle se débattit et tenta de mordre les doigts qui la maintenaient prisonnière. Agacé, l'homme empoigna son cou et serra. La gorge de Thérèse s'obstrua. Dans son esprit, les idées se bousculaient. Si elle ne parvenait pas à aspirer un peu d'oxygène dans les prochaines secondes, elle allait mourir. C'est alors que, tel un flash, elle se souvint du pistolet qu'elle avait laissé dans la poche de sa robe après la leçon de tir. Elle glissa la main dans le carré de tissu et perçut le contact froid de l'arme. Ses doigts avaient trouvé la crosse. Au maximum de la concentration, elle l'extirpa et, comme dans un brouillard, orienta le canon vers l'homme. Dans un effort désespéré, son index appuya sur la détente. Il y eut une détonation, des vibrations coururent le long de son bras comme une armée de fourmis et, subitement, l'étau autour de sa gorge se desserra.

Avalant l'air compulsivement, elle se laissa tomber à terre. Son champ de vision se reconstitua peu à peu et les objets reprirent leurs formes familières. Chancelant, le blond la fixait avec des pupilles effarées tandis qu'une tache de sang se diffusait sur son ventre. Il voulut porter la main à sa ceinture pour saisir son arme mais Thérèse tira à nouveau et une giclée de cervelle éclaboussa le mini-frigo. Cette fois, il s'effondra raide mort sur le linoléum. Alors qu'une flaque rouge sombre se répandait au sol, elle réalisa, horrifiée, qu'elle venait d'assassiner un homme.

27

Anthony se pencha sur le type qu'il venait de descendrc : une mâchoire carnassière, des biceps épais comme des jambons, un talkie-walkie en poche… Cette fois, c'était sûr, les gars de Titov avaient retrouvé sa trace. Sans attendre, il attrapa le cadavre par les pieds et le dissimula derrière un buisson. Sur la berge, Alba tremblait, hagarde. Une seconde de plus et ils y passaient. À cet instant, il y eut une détonation en provenance des mobil-homes. Peut-être l'un de ces pétards que les gosses faisaient claquer dans les allées ? Mais à la deuxième détonation, Papa et Maman se mirent à aboyer comme ils le faisaient pour signaler un danger.

– Viens avec moi, dit-il en attrapant la main d'Alba.

Il l'entraîna entre les troncs d'arbres, enjambant les ronces et les massifs d'orties pour suivre la piste des chiens. À l'approche des mobil-homes, il ralentit sa course. Le leur était le seul allumé. Thérèse était-elle déjà rentrée ? Du côté de la buvette, quelqu'un chantait *Le port d'Amsterdam* d'une voix imbibée d'alcool. Papa et Maman grognaient sur le seuil. Il sortit son arme et fit signe à Alba de l'attendre sur le perron. Doucement, il entrouvrit la porte. Le spectacle qu'il découvrit le laissa sans voix. Allongé sur le sol, un homme baignait dans une mare de sang. Thérèse se tenait près de lui, son pistolet à la main. Il se dépêcha de faire entrer Alba.

– Mamie ! Qu'est-ce qui s'est passé ? balbutia-t-il.

Sous le choc, la vieille dame regardait sa main avec l'émerveillement d'un ornithologue face à un vol d'oies sauvages. Il lui enleva l'arme des doigts et la fit asseoir sur le canapé.

– Dis-moi ce qui est arrivé.

– Il a dit que j'étais vieille et sans valeur, articula-t-elle. Ensuite, il a cherché à m'étrangler. J'ai réussi à attraper mon pistolet et je lui ai tiré dessus.

Anthony avisa les yeux bleus fixés au plafond. Le type était bien mort. Il fouilla les poches du cadavre et en extirpa un portefeuille.

– Polonais, articula-t-il en examinant sa pièce d'identité. C'est un gars de Titov. Il a dû te filer pour que tu le mènes à moi.

Il palpa les autres poches et en sortit des clefs et un talkie-walkie. Combien étaient-ils ? Il s'approcha de la fenêtre avec précaution. Pour le moment, tout était tranquille, mais ça n'allait pas durer.

– Titov travaille toujours en groupe, souffla-t-il.

– Tu penses que d'autres vont arriver ? blêmit Alba.

L'agent biélorusse avait dû étudier soigneusement la situation du camping. Il adorait assiéger ses victimes, une technique d'ancien militaire.

– Ils vont attendre le feu d'artifice, dit Anthony. Au milieu des explosions, ils pourront tirer tranquillement, sans attirer l'attention.

– C'est prévu à onze heures, annonça Thérèse d'une voix blanche.

– Dans un quart d'heure, lâcha Alba. On ferait mieux de filer.

– Ils doivent déjà s'être déployés et attendre le signal pour attaquer, dit Anthony.

Un silence pesant s'abattit sur le bungalow. Allongés sur le sol, Papa et Maman s'étaient mis à gémir.

– Faut appeler la police, décida Thérèse.

– Hors de question, rétorqua Anthony. Mamie, tu vas aller te cacher chez Bernard. Là-bas, tu ne risques rien. Alba, tu es prête à m'aider ?

La jeune femme hocha la tête.

– Très bien. Tu te posteras à l'extérieur. Moi, je tirerai depuis la fenêtre.

Sans attendre, il sortit les armes dissimulées sous le matelas : le revolver, le fusil de précision, les automatiques. Bizarrement, il se sentait investi d'un sentiment de responsabilité presque paternel. Il devait sortir Alba et Thérèse de là. C'est à cause de lui qu'elles se trouvaient dans ce traquenard.

Du bout des phalanges, il frappa contre le mur de la baraque. Ça sonnait creux. Il fallait renforcer les cloisons pour se protéger des balles. Il renversa la table contre la fenêtre puis entreprit de faire glisser le buffet sur le sol. Thérèse le regardait procéder à ces aménagements sans se décider à partir.

– Je peux aider, déclara-t-elle soudain.

Il immobilisa le buffet tout net.

– File chez Bernard, je te dis ! C'est dangereux.

– J'irai tirer dehors, insista la vieille dame.

– Tu es folle ?

– Ce type a voulu m'étrangler et tu m'as appris à viser.

– C'est un loisir familial, alors ? ricana Alba.

Incrédule, Anthony dévisagea Thérèse. Elle avait l'air parfaitement lucide mais il n'avait aucune envie de la mêler à cette histoire. Il s'en serait voulu qu'il lui arrive quelque chose. Pourtant, un tireur supplémentaire pouvait faire la différence. Même si elle ratait sa cible, cela sèmerait la pagaille chez leurs assaillants.

– Tu es sûre ? flancha-t-il.

– Puisque je te le dis.

– Bon, d'accord. Alors voilà ce qu'on va faire : tu vas sortir par la fenêtre de derrière et te positionner à un endroit d'où tu pourras viser sans être exposée.

– Le bâtiment des douches, suggéra aussitôt Alba. Il y a une échelle pour grimper sur le toit. De là-haut, on peut tout surveiller.

– Parfait. Mamie, tu montes là-haut et quand le feu d'artifice commence, tu tires sans te poser de question. Ils seront obligés de se mettre à couvert. Alba et moi, on s'occupe d'eux. C'est nous qu'ils mitrailleront.

Il remit le fusil à Thérèse, ému. Cette femme était prête à risquer sa vie pour lui.

– Tu places l'œil dans le viseur et tu appuies sur la gâchette quand la cible est au centre, dit-il. Prends la lampe de poche. Le feu d'artifice ne va pas tarder, faut pas traîner.

Il l'accompagna dans la chambre et l'aida à escalader le chambranle de la fenêtre.

– Bonne chance mamie, chuchota-t-il, serrant la main fripée dans les siennes.

La gorge serrée, il la regarda traverser le jardin, fusil coincé sous l'aisselle.

Quand elle eut disparu dans la nuit, il revint dans le salon, ordonna à Papa et Maman de se coucher sur leur couverture et s'accroupit à côté d'Alba derrière la table renversée. Qu'ils viennent, ils étaient prêts.

28

Son fusil à la main, Thérèse courait entre les tentes pour éviter la lumière des lampadaires. Qu'est-ce qui lui avait pris de proposer son aide au gosse ? D'une certaine manière, elle lui était redevable. Grâce à ses leçons de tir, elle avait retrouvé l'usage de sa main. Et puis ce Polonais avait voulu l'étrangler comme de la volaille. Vieille et sans valeur… ! Elle allait leur montrer de quoi elle était capable !

Parvenue au bâtiment des douches, elle regarda autour d'elle, s'imaginant des types sanguinaires cachés dans les fourrés. Le cœur battant la chamade, elle se dépêcha d'escalader l'échelle et, une fois en haut, rampa jusqu'à une extrémité du toit. De là, son regard embrassait toute la zone. Du côté de la buvette, les enceintes diffusaient un morceau à plein volume. *Alexandrie Alexandra.* Elle se mit en position. La lunette à vision nocturne du fusil permettait de distinguer les formes dans la nuit. Elle activa son index pour l'échauffer. Soudain, un sifflement aigu résonna dans ses oreilles et une pluie de flammèches roses et bleues arracha furtivement le camping à la pénombre. Le feu d'artifice commençait. Juste avant que le décor ne disparaisse à nouveau, elle aperçut des silhouettes qui se déplaçaient, dos courbé, du côté des caravanes. Se mordant l'intérieur des joues, elle se prépara à tirer. De nouvelles fusées furent accueillies par des « Oh ! » et des « Ah ! » enthousiastes. Là-bas, un homme avec un fusil-mitrailleur accroupi derrière un barbecue. Elle le plaça dans sa ligne de mire et frémit en songeant que ce petit mouvement de doigt pouvait propulser une balle ayant le pouvoir d'arracher la vie. À cet instant, une explosion de rouge embrasa le ciel et l'assaillant s'élança vers leur bungalow. Sans réfléchir, elle pressa la détente. L'arme émit un souffle aussi discret qu'un soupir et il tomba dans l'herbe. Thérèse étouffa un petit cri. Aussitôt, des bribes de russe fusèrent dans l'obscurité, suivies d'un silence sinistre. Le type n'était pas mort et rampait en se tenant la jambe.

Thérèse osait à peine respirer. Tout était figé. Les assaillants devaient s'être mis à couvert. Pile au moment de l'explosion de la fusée suivante, un fusil-mitrailleur envoya une salve de balles sur le mobil-home. Depuis leur fenêtre, Anthony et Alba ripostèrent. Au-dessus de leurs têtes, un tourbillon argenté éclaira la nuit d'une lumière crue. Dopée par l'adrénaline, Thérèse se mit à tirer partout où ça bougeait, priant pour que les forcenés ne découvrent pas sa planque. Les échanges de tirs se mêlaient au crépitement du feu d'artifice. Une armoire à glace jaillit soudain d'un buisson. Alors que des exclamations émerveillées retentissaient du côté du fleuve, le molosse s'étala sur la pelouse, touché par une balle. « Oooh ! » Embusqué derrière un transat, l'homme blessé à la jambe arrosait le mobil-home. « Aaaah ! » Dans le ciel, les explosions étaient de plus en plus puissantes, de plus en plus rapprochées. Une balle faucha le mercenaire au moment où il tentait de se replier vers les caravanes en titubant. Il y eut encore quelques détonations puis, quand vint le bouquet final, les nuages se désagrégèrent en mille couleurs. Enfin, le silence s'abattit sur le camping.

Thérèse resta de longues minutes sans oser bouger. Était-ce terminé ? La silhouette d'Anthony apparut sur le seuil du mobil-home. Son arme à la main, il fit quelques pas dehors, inspectant partout autour de lui pour vérifier qu'aucun tireur ne se trouvait embusqué. Il avançait sur la pelouse avec autant de précautions que si elle était minée. Soudain, un coup de feu éclata et son corps pivota comme s'il avait été percuté. Horrifiée, la vieille dame lâcha un cri d'effroi. Un homme massif avait jailli d'un fourré et, fusil braqué devant lui, marchait tout droit vers Anthony. D'un coup de pied, il le fit s'agenouiller à terre et appliqua son canon sur sa tête. À cette vision, une rage indescriptible envahit Thérèse. Un sentiment d'indignation mêlé d'une colère froide qu'elle n'avait encore jamais éprouvée. Sans réfléchir, elle épaula son fusil, mit toute sa foi dans le viseur, toute sa haine en face d'elle, puis son doigt s'actionna et l'homme s'effondra dans l'herbe.

29

Le cœur d'Anthony battait comme un gong. Il était vivant, non ? Doucement, il souleva les paupières et vit Titov au sol.

Le souffle court, il s'approcha du blessé. Titov avait été touché à la poitrine. Son gilet de chasseur était imbibé de sang et son front luisait de sueur. Cela faisait longtemps qu'il rêvait de régler son compte à cette ordure mais il allait d'abord lui faire cracher ce qu'il savait. Il pointa son arme sur son visage.

– Si tu veux savoir, Petzoldt se fourre le doigt dans l'œil sur toute la ligne, lui lança-t-il. J'y suis pour rien dans le carnage de la place Dauphine. Le frère ne devait pas mourir. Mon tireur a sous-traité. Tu sais qui est responsable ?

Comme Titov ne répondait pas, il lui décocha un coup de pied dans les côtes.

– Qui a tiré ? hurla-t-il.

– Je te jure que je ne sais pas ! râla le Biélorusse. Sinon je t'aurais descendu direct. Je devais te faire parler.

Anthony planta son canon dans l'œil balafré du mercenaire.

– Tu as fait buter Sissoko Samaké en Corse, accusa-t-il.

– Samaké ? Je ne savais même pas qu'il avait quelque chose à voir avec ça. J'avais aucune piste pour te retrouver. Juste ta copine.

– Alba…

L'agent biélorusse émit un ricanement avant de se mettre à tousser en se tenant la poitrine. Ses lèvres tentèrent ensuite d'articuler quelque chose mais, au moment où un son allait franchir ses lèvres, une balle lui transperça le crâne. Anthony fit volte-face et aperçut Alba, le canon fumant.

– Putain ! Pourquoi t'as fait ça ? cria-t-il.

La fille haussa les épaules.

– Il le méritait, non ?

Qu'est-ce qui lui était passé par la tête ? Elle n'avait pas à prendre ce genre d'initiative. Les sicaires sont des mains, des doigts, des phalanges, rien de plus. C'était lui, le courtier de la mort, qui transmettait les décisions. Peut-être que commettre son premier meurtre lui avait fait péter les plombs, cela arrive parfois aux novices. Mais il n'avait pas le temps de jouer les psychologues. Tant pis pour Titov, il ne lui aurait sans doute rien lâché.

D'un regard circulaire, il avisa les corps étendus au sol, la table de jardin trouée comme une passoire, les chaises renversées et la façade criblée de balles. On aurait dit une scène de guerre. Les serviettes de bain gisaient sur la pelouse et le barbecue était en pièces. Les morts étaient tous jeunes, habillés en tenues paramilitaires, les cheveux ras. Il fallait vite les cacher et remettre de l'ordre dans tout ça.

Descendue du bâtiment des douches, Thérèse trottinait vers eux. Elle fondit sur lui et le toucha comme pour s'assurer qu'il allait bien.

– J'ai eu peur de le rater ! Tu es blessé ?

– À l'épaule, mais c'est superficiel. Merci, mamie. Il m'aurait tué.

Ce n'était pas le moment de se livrer à des effusions. Sans perdre un instant, il attrapa l'une des chevilles du

Biélorusse pour le faire glisser sur la pelouse mais il était tellement lourd qu'il parvint à peine à le faire bouger. Alba vint lui prêter main-forte. Elle n'avait pas totalement perdu sa forme physique d'athlète de haut niveau et, ensemble, ils réussirent à traîner Titov jusqu'à la terrasse. Ils s'attaquèrent ensuite à un balèze avec de grosses baskets. Rassembler tous les corps, y compris le type abattu près du fleuve, leur prit une bonne demi-heure. Cinq cadavres gisaient à présent empilés comme des carcasses. Papa et Maman allaient de l'un à l'autre, reniflant un mollet par-ci, une joue mal rasée par-là. Il fallait les dissimuler provisoirement.

– Mamic, va chercher la bâche sur le tas de bois de Bernard, s'il te plaît, lança Anthony.

Quand la vieille dame revint avec le plastique noir, il l'étendit sur le charnier et posa des pierres dessus. Dans l'obscurité, les campeurs éméchés n'y verraient que du feu.

Alba avait entrepris de balayer les pots cassés et de remettre en place le mobilier de jardin. Peu à peu, le terrain reprenait une forme acceptable. Du côté de la buvette, la sono était montée d'un cran: la fête allait durer jusque tard dans la nuit.

Dans le mobil-home, Anthony se hâta de nettoyer sa blessure, lava les taches de sang sur ses mains et son visage, et enfila un tee-shirt propre. Une fois présentable, il alla retrouver les deux femmes qui s'étaient fondues parmi les vacanciers. Faire la fête était le meilleur moyen de ne pas éveiller les soupçons. Quand tout le monde serait couché, il serait temps de faire disparaître les corps.

Sur la piste de danse, des couples se tortillaient alors que les enceintes crachaient *Je n'ai besoin de personne en*

Harley Davidson. Des merguez et des chipolatas grillaient sur un barbecue géant, diffusant une odeur âcre. Anthony se plaça dans la queue qui patientait au bar. Il avait besoin d'un remontant. En attendant qu'on prenne sa commande, il réfléchissait à la manière dont il allait s'y prendre pour se débarrasser des cadavres entassés sous la bâche. Le coffre de la Fiat était trop petit pour y faire tenir ne serait-ce qu'un seul d'entre eux, même en le pliant. Faire usage d'une tronçonneuse ? Mais où s'en procurer une ? Quand une main s'écrasa sur son épaule, il sursauta. C'était Bernard, passablement éméché.

– Je te paye un verre ? proposa-t-il.

Anthony le considéra, hébété.

– Tu prends quoi ? insista l'autre.

– Whisky.

– Deux whiskys, commanda joyeusement Bernard au serveur en dressant l'index et le majeur.

Les consommations ne tardèrent pas à arriver. Des nuages menaçants s'étaient mis à défiler devant la lune. Un orage se préparait. Tant mieux, cela précipiterait le retour des fêtards dans leurs pénates.

– Magnifique feu d'artifice, pas vrai ? s'enthousiasma Bernard. Ça pétait de partout, j'ai jamais vu ça. La mairie ne s'est pas foutue de notre gueule, cette année.

– Le bouquet final était impressionnant, acquiesça Anthony.

– À la France, dit l'homme en levant son verre.

Ils trinquèrent et, alors que son voisin commentait les résultats sportifs du jour, des idées pour résoudre son problème défilaient dans la tête d'Anthony : déposer les corps dans une benne à ordures, les passer un à un dans le broyeur du jardinier, les jeter dans le fleuve, y mettre le feu après les avoir arrosés d'essence…

Bernard se vantait à présent de sa plus belle prise lors d'une partie de pêche, un brochet de près d'un mètre.

– Tu connais des endroits tranquilles à visiter dans le coin ? le coupa Anthony.

– Oh, c'est pas ce qui manque, par ici. Il n'y a même que ça !

Aussitôt, l'homme entreprit de dresser une liste de lieux réputés plus paisibles les uns que les autres : le château d'Aubussay, le canal du Berry, les marais...

– Mais si tu veux mon avis, le mieux pour avoir la paix ça reste une virée en camping-car. En Airstream, tu peux aller où tu veux, c'est la liberté, conclut-il.

La liberté... À ces mots, Anthony se figea, comme frappé d'une illumination. Il reposa doucement son verre. Et si c'était la solution ?

– Je le prends à trente mille, dit-il sans tergiverser.

– Hein ?

– L'Airstream. Je te l'achète mais je le veux tout de suite.

– Tout de suite ? répéta Bernard.

– Je veux faire une surprise à ma grand-mère. Elle a fait un AVC alors ce sont peut-être ses dernières vacances. Je veux lui faire voir du pays tant que c'est possible. Tu me files le camping-car et je te donne le fric en liquide.

Médusé, le voisin trempa les lèvres dans l'alcool ambré, puis un sourire fendit son visage.

– Affaire conclue !

– Il y a le plein ?

– De quoi faire une centaine de kilomètres.

– Parfait. On se retrouve chez toi dans une heure. J'aurai l'argent.

Les deux hommes entrechoquèrent leurs verres. Anthony n'en revenait pas d'avoir réglé son problème aussi facilement. Avec un camping-car, il emmènerait les cadavres où il voulait.

Le DJ avait mis un slow et des couples enlacés dérivaient lentement.

– Tu m'excuses, dit-il. J'ai une fille à inviter.

Abandonnant Bernard à son whisky, il s'approcha d'une table où Alba fumait une cigarette. Sans un mot, il lui tendit la main. Elle eut quelques secondes d'hésitation, puis écrasa sa clope et se laissa entraîner dans les rayons colorés de la boule à facettes.

30

L'orage avait éclaté et une pluie drue s'était abattue sur les fêtards. À la hâte, le barman avait éteint la musique, rangé les parasols et tout le monde était rentré s'abriter. À présent, le camping dormait à poings fermés. Depuis la fenêtre du mobil-home, Alba guettait le retour d'Anthony. Tout à l'heure, elle l'avait échappé belle. Un peu plus et Titov lui révélait qu'il l'avait engagée pour le tuer. Pendant le slow, Anthony lui avait tiré les vers du nez. Elle lui avait raconté qu'un type qui en avait après lui était venu l'interroger et qu'elle avait voulu le prévenir. Elle l'avait trouvé grâce au maître du fox-terrier qui organisait des séjours de déconnexion. À peu de chose près, elle lui avait dit la vérité. Il avait eu l'air de la croire et elle commençait presque à s'en convaincre elle aussi. Au fond, est-ce qu'elle aurait vraiment tué Anthony?

Enfin, des faisceaux de phares balayèrent les murs de la pièce et un bruit de moteur transperça la nuit. Sous les yeux incrédules d'Alba, un camping-car se gara devant la terrasse. Elle se précipita dehors. Les gouttes émettaient un bruit de percussion sur les toits des bungalows et les toiles des tentes claquaient comme les voiles de bateaux fouettées par le vent.

– Où est-ce que tu as trouvé ça? lança-t-elle à Anthony qui s'extirpait de la cabine.

– Je l'ai acheté au voisin. On va charger les corps à l'arrière. Viens m'aider.

Pendant qu'il retirait la bâche du charnier, elle jeta un œil dans l'habitacle. C'était cosy : de larges fenêtres, une table fixée au sol, une kitchenette, quatre couchettes et des placards en contreplaqué.

En nage dans leurs vêtements déjà trempés par la pluie, ils transportèrent les cadavres les uns après les autres, les hissèrent dans le véhicule et les calèrent entre la banquette et la table. Alba agissait comme une machine, effectuant chaque geste avec le moins de conscience possible. Sous l'auvent, la grand-mère fumait, impassible.

Une fois leurs affaires personnelles chargées, ils s'installèrent tous les trois à l'avant avec les chiens, Anthony au volant. Ils traversèrent le camping sans croiser âme qui vive, cahotant sur le chemin criblé de nids-de-poule, et filèrent sur la route délavée.

– On va où ? demanda Thérèse.

– À la base de loisir, répondit Anthony.

Alba s'abandonna contre l'appuie-tête avec un soupir, se demandant quand cette nuit cauchemardesque allait finir. Elle rêvait d'un bon bain chaud et de ne plus entendre parler de rien.

La route décrivit quelques lacets puis traversa un lotissement endormi. Le bitume bleu nuit réfléchissait la lumière des lampadaires. L'orage était passé et les essuie-glaces émettaient un grincement sinistre sur le pare-brise. Peu après, ils se garaient sur le parking à proximité du lac.

Dehors, un air frais et humide les enveloppa. Les canards et les cygnes s'étaient regroupés sur un coin de pelouse pour la nuit.

– Où est-ce qu'on va les mettre ? demanda Alba.

– Là-bas, dit Anthony en désignant l'île au centre du plan d'eau. Les chiens de la police ne pourront pas flairer leur odeur.

– Et comment tu comptes les y emmener ? s'enquit la grand-mère, pragmatique.

– En pédalo.

– T'es sérieux ? s'étrangla Alba.

– Certains sont équipés d'une plateforme à l'arrière. Mamie, tu vas rester ici. Tiens, prends le fusil. S'il se passe quoi que ce soit, tu tires pour nous avertir. Alba et moi, on s'occupe du convoyage.

Alba était tellement abasourdie qu'il ne lui vint pas à l'esprit d'émettre une objection. À nouveau, ils entreprirent de déplacer les mastards pour les charger sur un pédalo. La tâche était encore plus fastidieuse que les jours de livraison de bois chez ses parents quand il fallait ranger les bûches dans la remise. Les trois premiers cadavres occupaient toute la place sur la plateforme. Deux voyages seraient nécessaires pour tous les transporter. Sans attendre, ils sautèrent à bord et, installés sur les sièges en plastique, ils se mirent à pédaler de concert. Il fallait qu'ils aient terminé avant l'arrivée des employés du club nautique.

Ils s'éloignaient doucement de la rive. Au-dessus de leur tête, le disque argenté de la lune paraissait tracé au compas. Aucun son ne troublait le silence en dehors du bruit caractéristique de la roue agitant l'eau. Malgré leurs efforts pour augmenter la cadence, ils avançaient avec une lenteur exaspérante. Anthony manœuvrait le gouvernail pour garder le cap.

Quand ils eurent enfin atteint l'île, Alba sauta à terre et déplia ses jambes endolories, épuisée. Il n'y avait rien d'autre à cet endroit que des joncs, des ronces, des herbes et des racines. Elle fit quelques pas sur la terre humide. Le calme était assourdissant, ils semblaient seuls au monde.

Debout sur la rive, Anthony n'avait pas l'air pressé de décharger les corps. Un rayon de lune éclaira soudain son visage et elle s'aperçut qu'il la fixait avec une expression bizarre.

– Maintenant, tu vas me dire ce que tu fiches ici, lâcha-t-il d'un ton brusquement menaçant. Je ne peux pas croire que tu aies pris tous ces risques pour moi.

Il se tenait tout proche d'elle, presque à portée de son souffle. Frissonnant, Alba réalisa qu'il n'avait pas du tout cru à ses bobards. Et s'il avait l'intention de se débarrasser d'elle ? Bien sûr, c'était ça, son plan ! Depuis le début, il avait prévu d'abandonner son cadavre sur cette île sauvage avec les autres ! Ses pensées s'affolèrent. Il fallait absolument le convaincre de son innocence, trouver tout de suite un argument qui fasse mouche. Elle luttait contre l'envie de se jeter à ses pieds pour le supplier de l'épargner quand, saisie d'une fulgurance, elle fondit sur lui et écrasa ses lèvres contre les siennes. L'agent eut un mouvement de recul aussi brusque que si elle lui avait donné un coup de taser. Un instant, elle crut qu'il allait la frapper, ou pire. Mais contre toute attente, il l'attira à lui et, tandis que leurs langues se liaient, elle oublia tout : le biathlon, le pédalo, le camping, Vierzon, les tueurs biélorusses et même sa cheville boiteuse.

QUATRIÈME PARTIE

L'AGENCE

> *« La valeur que nous attribuons aux autres est une indication de notre propre identité. »*
>
> Ariel Colonomos[1]

1. Ariel Colonomos, *Un prix à la vie. Le défi politique de la juste mesure*, Paris, PUF, 2020, p. 383.

31

Grâce à l'Airstream, ils étaient mobiles en permanence, intraçables. L'itinéraire qu'ils suivaient depuis quatre jours était savamment illogique. Ils roulaient dans une direction puis bifurquaient ou revenaient sur leurs pas, décrivaient des boucles insensées. Ils faisaient leurs courses dans des épiceries de villages, sans jamais se montrer avec le camping-car pour ne pas éveiller l'attention, et passaient la nuit dans des endroits sauvages, loin des villes et des axes routiers. Cette échappée plaisait à Anthony. Ils découvraient chaque jour de nouveaux paysages, de nouvelles perspectives. Et la conduite lui vidait la tête. Pour la première fois de sa vie, il faisait le bilan et essayait de tirer des leçons. Au fil des kilomètres, une idée avait pris forme dans son cerveau, comme une évidence : LA SOLITUDE TUE.

Il ne pouvait pas continuer à vivre entouré uniquement de ses chiens. Les travailleurs sociaux de l'ASE lui avaient menti en lui faisant croire qu'il ne devait compter que sur lui-même. Un homme seul est un homme mort. Si Thérèse n'avait pas eu son neveu au moment de l'AVC, elle ne serait plus de ce monde. Si elle et Alba n'avaient pas été là pour l'aider face aux mercenaires de Titov, il serait mort lui aussi. Pour survivre, il faut des liens et cela, ni l'argent, ni la violence, ni aucune institution ne peut le procurer.

Anthony avait réussi à se dégoter un appart, de l'argent, un boulot, mais il lui manquait ces liens protecteurs. Il était temps d'y remédier et de prendre le risque de s'attacher: à une famille, des amis, des collègues. Mais avant tout, il devait régler ce problème avec Petzoldt. Suite à l'échec de l'agent biélorusse, le narcotrafiquant venait de mettre sa tête à prix sur TikTok et avait promis une récompense à qui signalerait sa position. Maintenant que sa trombine circulait sur les réseaux, Anthony n'avait plus le choix. Il devait trouver une solution, rapidement.

Ils avaient atteint la côte Atlantique et l'air de l'océan était vivifiant. Pour le déjeuner, il avait garé l'Airstream sur une aire de loisir à côté de vans de surfeurs et de voitures familiales. Après avoir mis le couvert sur la table pliante, Anthony partit chercher de l'eau à la fontaine. Il appuyait sur le bouton pour remplir son bidon quand il entendit la radio d'un couple de retraités branchée sur une station d'information. « *Les habitants du seizième arrondissement sous le choc. Un jeune homme a été abattu en pleine rue alors qu'il promenait ses chiens à proximité des jardins de l'avenue Foch. Une fillette a été blessée et transférée à l'hôpital. Les habitants de ce quartier résidentiel paisible…* » Anthony se figea. Un jeune homme, avec deux chiens, tué à deux pas de chez lui ! Il en eut le souffle coupé. Des charcleurs avaient pris ce pauvre type pour lui, c'était évident ! Et ces abrutis avaient fait une victime collatérale ! À cette idée, une colère froide l'envahit. Il était tellement sonné qu'il ne s'aperçut pas que l'eau débordait du bidon. Putain, ils avaient blessé une gamine !

Furibard, il revint vers le camping-car au pas de course. Cette fois, Petzoldt avait franchi la ligne rouge. On ne touche pas aux enfants. La vie d'un enfant n'a pas de prix. Il fallait mettre un terme à cette traque et à cette vengeance abjecte.

– J'ai un coup de fil à passer, annonça-t-il à Alba et Thérèse qui avaient pris place autour de la table. Je n'en ai pas pour longtemps.

Déterminé, il dégaina son téléphone et s'éloigna en composant un numéro. La voix rocailleuse de Sadi Naciri retentit bientôt à l'autre bout du fil.

– Bonjour, Anthony Barreau à l'appareil. Vous m'aviez donné votre numéro à la soirée des Marseillais.

– Le dénicheur de talents ! Je m'en souviens. Que me vaut votre appel ?

– Je crois qu'on a tous les deux des ennuis avec Théodore Petzoldt.

Il faisait des va-et-vient au bord de la route.

– Cet enfoiré a déjà tué quatre de mes hommes, grogna le caïd.

– Il est persuadé que je suis l'agent qui a organisé le meurtre de son frère et vous le commanditaire. Aucun de nous deux n'aura la paix tant qu'il sera en vie. Pour cinquante mille euros, je vous offre sa tête. Si vous ordonnez le meurtre, vous serez considéré comme le nouveau boss.

– C'est pas cher. Pourquoi cette faveur ?

– J'aimerais qu'on travaille ensemble. Voyez ça comme une offre de bienvenue. Je sais que vous recrutez sur les réseaux sociaux. Ces types ne sont pas fiables. Moi, je vous offre du travail de professionnel. Mes sicaires ne laissent jamais de traces. Pas de victimes collatérales, pas d'ennuis avec la police et on soigne votre image.

– On m'a vanté la qualité de vos services, admit Naciri.

– Je n'engage que des professionnels de haut niveau.

Le bruit d'un club de golf fouettant l'air fusa dans l'écouteur. Le caïd devait être sur un green.

– Je vais réfléchir à votre proposition, dit-il. Voyons-nous pour en discuter dans une gargote que j'apprécie, à Boulogne.

– D'accord.

– Demain, quatorze heures, chez Félix ?

– J'y serai.

Satisfait, Anthony raccrocha. Avec Naciri, il était assuré d'avoir des contrats réguliers. Maintenant, il fallait organiser l'opération Petzoldt sur le terrain et, pour cela, il allait avoir besoin de son meilleur talent.

32

Pour passer la nuit, ils avaient garé l'Airstream sur un chemin en lisière des bois, loin des regards des promeneurs. Ils avaient prévu de dormir quelques heures avant de prendre la route. Thérèse se sentait maussade. Pendant le dîner, Anthony leur avait dit qu'il devait rentrer à Paris et l'annonce lui avait fait l'effet d'un coup de massue. Elle n'avait aucune envie de retrouver Hadrien et sa femme au prénom moyenâgeux, encore moins Larquet et ses coups de fil menaçants. Bien sûr, ils ne pouvaient pas rouler éternellement, mais elle avait rêvé d'aller voir le Mont Saint-Michel, et pourquoi pas la pointe du Raz.

Comme chaque soir, elle accompagna Anthony promener les chiens. Ils marchaient le pas réglé sur un même tempo. Un village se dessinait au loin, à flanc de colline, auréolé de la lumière bleutée de l'éclairage artificiel. Elle songea qu'elle allait bientôt se séparer du gosse. Même s'ils se connaissaient depuis peu, elle s'était attachée à lui. Il y avait entre eux une connivence, quelque chose d'instinctif.

– Qu'est-ce que tu vas faire, une fois à Paris ? demanda Anthony.

– Je vais vendre mon agence, annonça-t-elle. J'accepterai la meilleure offre, peu importe.

– Tu avais l'air d'y tenir, à cette boîte. Qu'est-ce qui t'a fait changer d'avis ?

Thérèse haussa les épaules. C'est étrange comme en l'espace de quelques jours, on peut porter un regard différent sur les choses. Aujourd'hui, son agence lui semblait presque secondaire.

– Voir la mort de près m'a ouvert les yeux, j'imagine. Je veux voyager, profiter du temps qui me reste. Ça m'embête seulement pour ma secrétaire. Lucienne est une amie chère et elle est à un an de la retraite. Peut-être que le repreneur acceptera de la garder.

D'un air écœuré, elle envoya un bâton aux chiens.

– Si j'avais eu des enfants, je leur aurais légué l'affaire. J'aurais aimé pouvoir transmettre quelque chose.

– Et ton neveu ? demanda Anthony.

– Il bosse dans les assurances. Et puis, il a rencontré sa femme sur Tinder, alors tu penses que mon agence à l'ancienne, ça le fait doucement rigoler.

Au fond, elle se sentait amère. Liquider la boîte, c'était tirer un trait sur son passé.

Le jeune homme posa soudain sa main sur le bras de Thérèse, la forçant à s'arrêter.

– Moi, elle m'intéresse.

– Qu'est-ce que tu racontes ?

– Toi, tu as des locaux, une vitrine et une existence administrative. Moi, j'ai des talents et des affaires à monnayer.

La vieille dame le considéra d'un air incrédule.

– Ne dis pas de bêtises.

– On deviendrait associés. Tu n'aurais pas besoin de vendre.

– Je commence à deviner le genre d'agent que tu es, souffla-t-elle. Je t'ai promis de fermer les yeux sur ce que tu fais, mais de là à participer à ton business.

– D'accord, je fais travailler des criminels, mais mon métier n'est pas si éloigné du tien ! Je mets des gens en relation, je réalise les rêves de mes clients, je leur simplifie la vie et je les rends heureux. As-tu déjà vu le sourire qui illumine le visage de quelqu'un qui a obtenu justice ? Ou qui est débarrassé de son pire ennemi ? Je parie que c'est le même que celui des gens qui ont trouvé l'amour.

– Comment peux-tu comparer ? s'indigna Thérèse. Et les victimes, tu les rends heureuses, peut-être ? À t'écouter, on se croirait dans *Plus belle la vie.*

– Si ce n'est pas moi qui le fais, ce sont des branques inexpérimentés. Nous, je t'assure qu'on n'élimine que des salauds. L'enjeu, c'est de faire ça éthiquement.

– Tuer éthiquement… ironisa Thérèse. Tu ne vas pas te mettre à enrober tes atrocités de politiquement correct, à parler comme les industriels qui prétendent polluer proprement !

– Tu as raison, admit Anthony, mais il est possible de s'appliquer des règles. Il y a toujours eu des meurtres et il y en aura toujours, alors autant que ce soient des gens compétents, avec des principes, qui s'en occupent. Mes talents tuent à dose homéopathique. En comparaison aux crimes des multinationales, c'est du pipi de chat. Si on s'associait, on pourrait faire aussi de bonnes actions, profitables à tous. Les fossoyeurs des Ehpad dont tu m'as parlé, qui monnayent la vie des vieux sans scrupule, on pourrait s'en charger, par exemple. La vie a un prix. Le credo de notre agence, ce serait qu'on ne peut pas la brader !

Thérèse repensa au gestionnaire de l'Ehpad de sa mère qui avait le culot de signer des chartes éthiques garantissant un bon accueil des pensionnaires tout en pratiquant des coupes budgétaires. Le rationnement de l'alimentation et la diminution du nombre d'aides-soignants revenaient tout bonnement à les laisser mariner dans leur merde.

Alors que les comptes de l'Ehpad étaient bénéficiaires ! Il n'avait tué personne de ses propres mains mais valait-il mieux que les assassins pour autant ?

– On pourrait aussi garder ta secrétaire, ajouta Anthony qui n'était pas à court d'arguments. Elle s'occuperait de réserver les chambres d'hôtel, les billets de train, la location des voitures... Elle préparerait le café aux clients. Et tu n'aurais plus à t'inquiéter des initiatives de ton neveu. On n'envoie pas en maison de retraite la gérante d'une entreprise rentable. Tu pourrais dormir sur tes deux oreilles.

– Écoute Anthony, je te remercie, mais tu sais bien que ce n'est pas possible. Je t'ai aidé au camping parce qu'il s'agissait de survie, c'était une situation exceptionnelle. Je ne veux pas tremper dans de sales histoires.

Elle lut la déception sur le visage du jeune homme.

– Réfléchis-y au moins, mamie, insista-t-il.

Papa et Maman s'étaient mis à tourner autour d'eux comme des chiens de berger regroupant leur troupeau. Elle aurait aimé faire quelque chose pour lui, mais ce qu'il lui proposait, c'était aussi immoral à ses yeux que transformer son agence matrimoniale en maison close.

33

Alba était tout excitée à l'idée de remplir son premier contrat pour Anthony. Enfin, elle avait prouvé ses capacités et retrouvé le top niveau. Dans un restaurant chinois, devant un assortiment de raviolis vapeur et de nems, il lui avait exposé son plan pour supprimer Petzoldt. Steve s'était renseigné sur l'emploi du temps du narcotrafiquant. Il irait à une partie de cartes le lendemain dans l'appartement d'un de ses amis. C'était là qu'ils allaient agir. Depuis un immeuble dont le toit était accessible, situé à neuf cent cinquante mètres de la cible.

À la tombée de la nuit, la championne marchait dans la rue, la mallette du fusil à la main. Les trottoirs grouillaient d'une foule affairée, se pressant dans les bars, les magasins et les bouches de métro. L'immeuble choisi par Anthony était un bâtiment des années soixante d'une dizaine d'étages. Un habitant ne tarda pas à sortir et elle profita de l'ouverture de la porte pour s'introduire dans le hall. Puis elle s'engouffra dans l'escalier et escalada les marches quatre à quatre. En haut, une trappe permettait d'accéder au toit. Elle l'ouvrit à l'aide d'un tournevis et se hissa à l'air libre. L'endroit, hérissé d'antennes téléphoniques, offrait une vue imprenable sur le Sacré-Cœur.

Après avoir monté son fusil de précision, elle se mit en position. Ses AirPods dans les oreilles, elle pouvait communiquer avec Anthony. L'appartement se situait deux rues plus loin, au quatrième étage. À travers la lunette, elle pouvait discerner ce qui se passait derrière la baie vitrée. Deux hommes en costume discutaient dans un canapé, une cigarette entre les doigts. Les autres joueurs n'allaient pas tarder à arriver. Elle continua sa surveillance et, quelques minutes plus tard, un 4×4 aux vitres teintées s'immobilisa devant la porte de l'immeuble. Quatre gros bras en descendirent, encadrant un homme en costume, la cinquantaine. Théodore Petzoldt était taillé dans la même pâte que son frère. Petite tête, carrure d'ours.

– Il est arrivé avec quatre gars, dit-elle à l'attention d'Anthony. Ils entrent dans l'immeuble. Il y a déjà deux hommes dans l'appart.

– OK, fit l'agent. Tu me préviens quand c'est fait.

Alba entreprit de faire ses exercices de respiration. Une longue inspiration en gonflant le ventre jusqu'à ce que le diaphragme se soulève, puis les côtes, les clavicules, et expiration en sens inverse. Pffffffffffff... Neuf cent cinquante mètres, c'était dans ses cordes. Elle allait leur montrer que la reine du biathlon français était toujours dans la course. L'œil dans le viseur, elle attendit patiemment que le caïd apparaisse dans l'encadrement de la fenêtre. Quelques minutes plus tard, il faisait son entrée dans la pièce et saluait d'une poignée de main les deux types du canapé.

– Allez, viens par là, murmura-t-elle.

La cible se servit un verre puis s'approcha machinalement de la fenêtre, desserrant sa cravate. Envahie d'un calme intense, le rythme cardiaque au ralenti, Alba ajusta son tir. Le monde autour d'elle n'existait plus, plus rien d'autre ne comptait que la prouesse qu'elle allait réaliser. À cette distance, le moindre tremblement ferait dévier la balle et elle raterait son objectif. Au maximum de la concentration, elle pressa la détente et, presque instantanément, le caïd s'effondra.

– C'est fait, annonça-t-elle.

Elle se dépêcha de descendre du toit, dévala la cage d'escalier et déboula dans la rue. Anthony l'attendait à moto au carrefour le plus proche. Elle monta derrière lui et ils filèrent à toute blinde dans les rues des faubourgs en direction de la porte de Clignancourt. Collée contre lui, un sentiment de légèreté l'envahit. Maintenant, plus personne ne pourrait résoudre le mystère de la place Dauphine. La chaîne menant à elle avait été entièrement supprimée. Elle se sentit heureuse, rassérénée. Sa psy n'avait pas menti : il y a une vie après le sport ! Grisée, elle aurait voulu le crier à tue-tête. On peut survivre après l'arrêt de la compétition, de la course, des entraînements stakhanovistes, et même en ne montant plus jamais sur un podium. La vie offre d'autres terrains de jeu.

34

Assise dans son fauteuil, Thérèse s'était servi un porto. Elle avait retrouvé son appartement et la vue sur le bois de Vincennes qu'elle aimait tant, mais les lieux lui semblaient bien vides. Elle se leva et alla se planter devant la fenêtre pour regarder le défilé des voitures sur le boulevard Poniatowski et le rocher du zoo en arrière-plan. Elle ne cessait de penser à Anthony. Pourvu qu'il ne lui soit rien arrivé. Apercevant la boulangerie quelques bâtiments plus loin, elle se dit que la prochaine fois qu'elle le verrait, elle achèterait des éclairs au chocolat. Ça lui ferait plaisir.

Son téléphone sonna, affichant le numéro de Lucienne. Dès qu'elle entendit sa voix, elle sut que quelque chose était arrivé.

– Quelqu'un s'est introduit dans les bureaux, haletait la secrétaire. Ils ont pris l'ordinateur et la machine à café. Tout est sens dessus dessous ! Ils ont aussi laissé un pigeon mort sur ton bureau. Il faut appeler la police !

À l'évocation de l'oiseau mort, un frisson parcourut l'échine de la vieille dame. De simples cambrioleurs n'auraient pas fait une chose pareille. C'était forcément un coup de Larquet. Qui d'autre ? La colère se répandit dans ses veines. Pour qui se prenait-il, ce salopard ? Elle serrait le téléphone tellement fort dans son poing qu'elle aurait pu le faire voler en éclats.

– Ne fais rien, je m'en occupe. Prends ta journée. Ma convalescence est finie. Je vais aller à l'agence.

Tremblante, elle raccrocha. Si Larquet s'imaginait qu'il allait réussir à l'intimider avec un cadavre de piaf, elle qui avait liquidé des Biélorusses, il se fourrait le doigt dans l'œil ! En fin de compte, Anthony avait raison. Les salauds devaient payer. D'un coup, tout était devenu limpide dans sa tête. Sa proposition, c'était précisément ce qu'il lui fallait. Elle n'avait pas d'enfant et lui aucune famille. Et puis à son âge, elle se fichait des risques et des condamnations pénales.

Décidée, elle composa le numéro du gosse. Anthony décrocha aussitôt. Rien qu'en entendant le son de sa voix, elle se sentit soulagée.

– J'avais peur qu'il te soit arrivé quelque chose.

– Mais non. Je suis en train de promener Papa et Maman. Tout est réglé.

Il avait l'air serein et détendu.

– Écoute, j'ai réfléchi à ta proposition.

– Ah ?

– C'est d'accord.

Anthony resta un instant silencieux.

– Tu es sérieuse ?

– Oui. Mais je voudrais que tu me rendes un service.

– Tu veux que je t'accompagne en vacances ?

– Je voudrais que tu t'occupes de quelqu'un.

– N'en dis pas plus au téléphone, l'interrompit-il. Retrouve-moi au bois de Vincennes, devant le lac Daumesnil dans une heure. D'accord ?

– Oui. J'y serai.

Une heure plus tard, Thérèse avait acheté des éclairs au chocolat que la boulangère avait enveloppés dans un joli paquet. Sur le sentier au bord du lac, elle aperçut Anthony avec ses chiens, un citronnier en pot dans les mains. Il portait son habituelle chemise blanche, mais aussi la casquette qu'elle avait choisie pour lui à Vierzon. Ils s'embrassèrent, heureux de se retrouver.

– Tiens, c'est pour toi, dit-il en lui remettant le citronnier.

Touchée, Thérèse s'empara de la plante. Ils firent quelques pas côte à côte sur la promenade en échangeant des nouvelles, puis s'assirent sur un banc. De l'autre côté du lac, le temple bouddhiste avec son toit en chaume se détachait au milieu des feuillages, monumental. Sur l'eau verdâtre, des cygnes décrivaient des trajectoires hasardeuses.

– Bon, c'est qui, ton gars ? demanda-t-il.

– Jérémy Larquet. Un usurier de la pire espèce. Il me pourrit la vie.

– Où on peut le trouver ?

– Il prend tous les matins un café au *Tramway*, sur l'avenue Daumesnil. C'est un brun à moitié chauve, gominé, la quarantaine. Tu le reconnaîtras forcément. Toujours en costume. Une allure d'agent immobilier.

– OK. J'irai faire des repérages demain et je prendrai discrètement une photo de lui pour être sûr qu'il n'y ait pas d'erreur. Ensuite, comment tu veux que ça se passe ?

– C'est-à-dire ?

– Tu as une méthode privilégiée ?

Thérèse avala sa salive. Elle était décidée à se débarrasser de Larquet, mais ça la mettait mal à l'aise d'envisager les modalités concrètes de l'opération.

– Tu peux choisir la mort par balle ou quelque chose de plus discret, comme un accident de voiture ou un accident ménager, expliqua le jeune homme. Il y a aussi l'étranglement, ou l'arme blanche.

Tout un catalogue… Des images se mirent à tourner dans la tête de la vieille dame. Elle se représenta Larquet tour à tour fusillé, étranglé, intoxiqué au gaz, noyé, étouffé. Étrangement, elle en ressentit une certaine satisfaction.

– Qu'est-ce que tu conseilles ? demanda-t-elle.

– Ça dépend à quel point tu veux le faire souffrir et les risques que tu es prête à prendre. Si on maquille la mort en suicide ou en accident, tu ne seras pas inquiétée.

Entre l'accident ménager et l'étranglement, son cœur balançait. Elle repensa alors à ce que Hadrien lui avait dit au sujet des dangers qui menaçaient dans les cuisines.

– Pourquoi pas une électrocution ?

– Bon choix, la félicita Anthony. Contrairement aux fusillades, personne n'en parle dans les journaux.

Puis, repensant à ce que Larquet lui avait fait endurer, elle ajouta dans un souffle :

– Je veux que ça soit un peu douloureux tout de même.

– On s'arrangera pour que ses neurones soient aussi cramés qu'une biscotte sur le gril, assura le jeune homme.

Remplie d'aise, elle caressa Papa qui était venu se coller à elle. Des gamins à dos de poney passèrent devant eux, bombe sur la tête.

– Ensuite, on ira chez le notaire, dit-elle en ouvrant joyeusement le paquet contenant les éclairs.

Assis face au lac, ils dégustèrent les gâteaux avec gourmandise. Une magnifique après-midi d'été s'annonçait.

35

Anthony avait convoqué ses talents dans ses nouveaux locaux. Alba, Roberto (lanceur de couteaux), Jean (étrangleur), Raoul (as du volant), Alain (maître des accidents ménagers), Steve (brûleur d'archives), Sébastien et Céline (polyvalents)... Des viennoiseries étaient posées sur la table de réunion et une cafetière fumait gentiment. Peu familiers de la vie de bureau, les sicaires se regardaient en chien de faïence, lançant des œillades circonspectes aux portraits de couples amoureux qui ornaient les murs. Ils se demandaient pourquoi ils avaient été conviés ici, tous ensemble. Quand chacun fut servi en café ou en jus de fruit, l'agent prit la parole.

– Comme je vous l'ai dit au téléphone, j'ai une proposition à vous faire. J'ai décidé de créer une agence. Et je vous propose d'en devenir les salariés.

Il marqua une pause pour mesurer son petit effet. Les tueurs le regardaient sans bien comprendre.

– Tu veux que la police vienne nous coffrer ? s'exclama l'étrangleur.

– Sur le papier, vous serez employés de l'agence matrimoniale de ma grand-mère.

– D'une agence matrimoniale ! s'esclaffa Roberto.

– Dans les faits, vos activités resteront les mêmes. Mais vous aurez un salaire régulier et vous cotiserez à la retraite. L'opposé des charcleurs. Vous pourrez dire à votre entourage que vous avez un vrai boulot.

L'annonce laissa les tueurs sans voix. La plupart n'avaient jamais connu que les boulots informels ou la prison : le salariat pépère, c'était un autre monde.

– J'ai jamais eu de fiches de paie, remarqua l'étrangleur.

– Moi non plus, dit Raoul.

– J'en avais quand je bossais chez Darty, commenta Alain. Ça ouvre des portes.

– Concrètement, un emploi déclaré, ça veut dire une couverture sociale et une existence légale, reprit Anthony. On vous remboursera vos frais, vos déplacements. Et vous aurez des primes en fonction de la qualité de vos prestations. Bien sûr, les règles restent les mêmes que jusqu'à maintenant : loi du silence et discrétion. Si vous caftez, vous connaissez les conséquences.

Les tueurs opinèrent du chef.

– C'est quoi la contrepartie ? demanda Sébastien. Tu ne fais pas ça par philanthropie…

– L'exclusivité, répondit Anthony. Je veux m'entourer de gens de confiance. Mon agence sera exigeante. Elle sera le numéro un du crime de qualité. Nous résoudrons les conflits proprement et respectueusement. En échange, vous vous engagerez à ne sous-traiter aucun contrat sans m'en parler, et on vous demandera un service gratuit par an. Ce sera votre contribution solidaire à la boîte. Un meurtre à l'œil pour la bonne cause.

– Tu veux qu'on fasse du bénévolat ? grimaça Roberto, mordant dans un mini pain au chocolat.

C'était une idée de Thérèse. Pour s'occuper, la plupart de ses amies retraitées s'investissaient dans des associations humanitaires, comme les Restos du Cœur ou Emmaüs. Alors elle avait proposé de développer un aspect caritatif au sein de l'agence.

– Toutes les boîtes modernes réfléchissent à la justice et aux implications sociales de leurs activités, expliqua-t-il. Même Total a un service « développement durable ». Pour eux, c'est du flan mais nous, on va faire ça bien. Ma grand-mère s'en occupera. L'idée est d'éliminer les salauds qui pensent qu'ils peuvent brader des vies. Voyez ça comme un geste pour soulager vos consciences.

– Je n'ai aucun problème de conscience, rétorqua le lanceur de couteaux. On ne supprime que des ordures.

– C'est vrai, on devrait nous remercier ! Mais pourquoi pas œuvrer pour la communauté, ricana l'étrangleur.

– Moi aussi, je suis d'accord pour le bénévolat, lâcha Céline.

La cafetière circulait autour de la table et les mains piochaient dans le panier de chouquettes.

Après avoir répondu aux questions diverses, qui allaient du montant des primes au nombre de jours de congé, Anthony alla chercher la secrétaire dans le bureau voisin. Lucienne avait accepté de fermer les yeux sur la restructuration de l'agence. Au fond, pour elle, ça ne changerait pas grand-chose et si ça lui permettait de prétendre à une retraite à taux plein et de se payer quelques séjours en cure thermale, elle se fichait de connaître les détails des activités du nouveau patron.

– Je vous présente Lucienne, qui va préparer vos contrats de travail, dit Anthony. Avec elle, inutile d'utiliser vos pseudos ou de fausses identités. Elle s'occupe uniquement de la partie administrative.

Parfaitement à l'aise dans ses nouvelles fonctions de RH, Lucienne s'installa et, lunettes sur le nez, entreprit d'expliquer à ses futurs collègues les démarches pour formaliser leur embauche.

– Il me faudra votre numéro de sécu, un RIB et une copie de votre pièce d'identité, énuméra-t-elle.

– Vous demandez un extrait de casier judiciaire ? s'inquiéta l'étrangleur.

– Rassurez-vous, puisque vous ne travaillerez pas auprès de mineurs, ni dans la sécurité, ça ne sera pas nécessaire.

Les tueurs hochèrent la tête, soulagés. Ils commençaient à prendre la mesure de l'opportunité qui s'offrait à eux. La plupart aimaient leur métier et ils se réjouissaient de pouvoir l'exercer dans des conditions moins précaires qui leur garantiraient une sécurité pour l'avenir.

Nom : Alain Fineau
État civil : né le 12 mars 1987 à Montauban.
Situation familiale : célibataire.
Talent : ancien employé au SAV chez Darty. Spécialiste des accidents ménagers.
Nombre de contrats : 20.

Noms : Sébastien Lagrange et Céline Nicoud (dits les Amoureux)
État civil : Sébastien né le 17 septembre 1975 au Havre. Céline née le 20 décembre 1982 à Tours.
Situation familiale : pacsés. Un fils.
Talent : spécialisés dans les mises en scène sanglantes, saccages d'intérieurs.
Nombre de contrats : 19.

Nom : Jean Gomini (dit l'Étrangleur)
État civil : né le 17 février 1970 à Saint-Renan.
Situation familiale : divorcé. Remarié.
Talent : spécialiste de la strangulation.
Nombre de contrats : 25.

Nom : Raoul Labiche
État civil : né le 15 mars 1970 au Mans.
Situation familiale : marié. Deux enfants.
Talent : CAP mécanique. Provoque des accidents de la route meurtriers.
Nombre de contrats : 42.

Nom : Sarah Joly (dite KillBill37)
État civil : née le 14 septembre 2005 à Tours.
Situation familiale : célibataire.
Talent : séductrice. Assassine à la lame de rasoir.
Nombre de contrats : 4.

Épilogue

Tous les talents avaient été conviés à l'inauguration de la boîte. Papa et Maman étaient aussi présents. Les deux chiens passeraient leurs journées dans les locaux dont ils assureraient la sécurité, et ils veilleraient à ce que personne n'y introduise de substances illicites.

Pour l'occasion, Anthony avait revêtu une cravate colorée. Il n'en revenait pas d'être arrivé là. Patron d'une agence avant la trentaine. Des bureaux spacieux dans un quartier agréable, près du bois de Vincennes, idéal pour promener les chiens. Il avait fait des travaux de rafraîchissement, repeint les murs en blanc et choisi une décoration sobre et élégante. Un canapé confortable, une table ovale pour les réunions, il y avait même une fontaine à eau, une machine Nespresso et un baby-foot.

Quand tout le monde fut arrivé, il fit tinter son verre pour attirer l'attention. Les conversations cessèrent. Il n'était pas habitué à parler en public mais un discours s'imposait. Ému, il chassa un chat dans sa gorge.

– Merci à tous d'être présents. Nous sommes aujourd'hui réunis pour inaugurer notre agence, une institution familiale. Je voudrais avant tout remercier quelqu'un sans qui tout cela n'aurait pas été possible : ma grand-mère. Et je veux aussi remercier Alba, bien sûr. Et vous tous, qui chaque jour, incarnerez l'esprit de la maison. C'est pour vous, les talents, que cette agence a été créée. Je ne dévierai pas de mon cap: conseiller, négocier en votre nom et favoriser un cadre de travail agréable et apaisé.

Les sifflets et les applaudissements fusèrent. Après le discours, Thérèse déboucha le champagne. Les tueurs, heureux de sortir de leur travail solitaire, découvraient la convivialité entre collègues. Les bouteilles se vidaient gaiement. Lucienne avait mis une musique entraînante et avait initié une partie de cartes autour de la table de réunion.

Un peu plus tard, Steve profita qu'Anthony soit occupé à recharger le frigo en boissons pour s'approcher de lui.

– Dis, je peux te parler un instant en privé ?

– Maintenant ?

– C'est important.

Anthony invita son employé à le suivre dans son bureau et lui désigna un fauteuil rembourré. C'était tout de même plus confortable que le banc des jardins de l'avenue Foch.

– J'ai du nouveau sur l'assassinat de Petzoldt, dit le tueur. J'avais d'abord pensé que Samaké s'était fait remplacer par l'un de ses frères, mais ils étaient tous à une réunion de famille. Alors j'ai interrogé sa copine, celle qui était en Corse avec lui : elle a fini par me lâcher que Samaké lui avait emprunté son smartphone la veille du meurtre. J'ai épluché son historique… et j'ai trouvé un numéro.

– Et alors ? fit Anthony.

Le tueur se racla la gorge, un peu gêné.

– C'est ta championne de tir. Je l'ai composé et je suis tombé sur son répondeur.

Le sang d'Anthony se figea dans ses veines.

– Tu es sûr ?

– Absolument.

– Résultat, je suis allé chez elle, poursuivit Steve. J'ai fouillé son appart et j'ai trouvé un sac rempli de coppa et de figatellu…

– Elle a le droit d'aimer la charcuterie, murmura Anthony, un poids sur la poitrine.

– Il y avait le ticket de caisse du magasin, patron. Elle était en Corse le jour du meurtre de Samaké.

La nouvelle fit à Anthony l'effet d'un uppercut. Il resta un instant pétrifié dans son fauteuil, incapable d'articuler quoi que ce soit. Alba avait-elle tué Petzoldt et Samaké ? Il songea aux dernières paroles de Titov, au camping : Alba. Puis un autre détail lui revint : avant le feu d'artifice, elle avait suggéré à Thérèse de se poster sur le toit des douches. Elle avait même précisé qu'il y avait une échelle pour y grimper. Et si elle l'avait elle-même espionné depuis ce bâtiment ? Il ferma les yeux et tenta de faire abstraction des exclamations joyeuses de la jeune femme, derrière la cloison, qui venait de marquer un but au baby-foot.

– Tu veux que je m'occupe d'elle ?

– Non, je m'en charge. Merci, tu peux aller rejoindre les autres.

Une fois seul, Anthony resta de longues minutes assommé, pris de vertige. Alba… Une boule lui obstruait la gorge. Puis il repensa à sa mère, au RER qui lui était passé dessus, à sa solitude. Alors, il attrapa la note de la charcuterie corse, sortit un briquet d'un tiroir et enflamma le papier. Quand il ne resta plus que des cendres, il s'approcha de la chaîne hi-fi qu'il avait installée sur une étagère avec ses livres, et glissa un CD dans le lecteur. *I love the family* s'échappa des enceintes, à plein volume.

AGENCE
ANTHONY
BARREAU

Découvreur de talents

06 67 54 75 99
a.barreau@agent.com
25 rue de Wattignies, 75012 Paris

« Nous vivons une époque où quasiment tout peut être acheté et vendu. »

Michael Sandel[1]

1. Michael J. Sandel, *Ce que l'argent ne saurait acheter*, Paris, Seuil, 2014.

Remerciements

Merci à Liana pour sa confiance depuis toutes ces années, à Lily et Claude pour leur travail attentif, si précieux. À mes amis relecteurs, Jules, Marie et Marc. À Garance pour nos échanges stimulants sur l'agence. Et à Alec, mon petit graphiste.

À Thomas, Max et mes indéfectibles copines, Perrine, Sophie, Bérangère et Laure.

CET OUVRAGE A ÉTÉ ACHEVÉ D'IMPRIMER
SUR ROTO-PAGE
PAR L'IMPRIMERIE FLOCH À MAYENNE
EN DÉCEMBRE 2024

Deuxième réimpression

N° d'édition : 615. N° d'impression : 106073
Dépôt légal : août 2024
Imprimé en France